邪惡貓大帝 3

克勞德

星際警犬大鬧生日派對

邪惡貓大帝 ③

克勞德

星際警犬大鬧生日派對

文／強尼·馬希安諾　　艾蜜麗·切諾韋斯

圖／羅伯·莫梅茲　　譯／謝靜雯

獻詞

獻給布魯克林貓咖啡館。感謝你們的善行,也要為了 Deno 致上謝意。

——強尼 · 馬希安諾

獻給我心所愛的貓,Esme。

——艾蜜麗 · 切諾韋斯

獻給我國小的美術老師,Mrs. Healy。感謝您從一開始對我的鼓勵、好意,讓我留下美好回憶。

——羅伯 · 莫梅茲

序幕

地點：狗宮，聯合星球維持和平服務狗群總
　　　部（簡稱：聯星維和狗群 PUPPS）
狀況：安全狗群緊急會議

　　狗群領袖瑪菲發出一聲號叫，宣布緊急會議開始。等到房間裡的最後幾聲回音消散以後，她轉向站在眼前的太空巡警。

　　「你好，巴克斯同志，」瑪菲說，「我和我的同伴將你召喚過來，是為了一件極為重要的事情。事關近來從地球攔截到的通訊內容。」

　　「地球！」巴克斯驚呼，「你指的是那個美妙的星球嗎？那裡住有溫柔慷慨的生物——所謂的人類？」

　　「正是，」瑪菲說，「你們都知道，數千年前，那片遙遠的天堂遭到破壞，因為我們的宿敵——**貓族**——開始把地球當作安全級別最高的監獄。」她的耳朵本能的往後一貼，其他聚

在一起的狗也是如此。

「你們也都曉得，我們曾經派出最優秀的維和警官，前去保護人類，免受貓族的危害。可是當貓族不再將罪犯流放到地球以後，我們便中止了與那個星球的聯繫，」瑪菲說，「萬萬沒想到，」我們的敵人竟然恢復了這個卑劣

的作法。」

　　巴克斯開始低吼，但瑪菲舉起一掌。

　　「情況比你想的還糟糕。他們送去地球的
那隻貓，是宇宙裡的頭號罪犯：邪惡的威斯苛！
或者稱作**克勞德**，那是他在放逐期間得到的稱
號。」

費朵咧嘴露出黃牙。「沒有狗忘得了他對我們所做的事！他必須受到懲罰！」

「既然他目前在中立區外，我們就能逮捕他，」牧紀喊道，「讓他為自己的罪行付出代價！」

「我們會的，」瑪菲說，「巴克斯太空巡警，身為整個聯星維和狗群部隊最英勇也最忠誠的警官，我任命你將這個作惡多端的傢伙繩之以法。」她轉向現場聚集的領頭狗們。「狗群一致同意嗎？」

「嗷嗚嗷嗚嗷嗚嗷嗚嗷嗚！」

「巴克斯，你願意接受這項危險的任務嗎？」

「是的，瑪菲！我同意。」

所有的尾巴都搖了起來。

「既然如此，同志，你的船正在等著，」瑪菲說，「你出發以前必須先做一件事。」她彆扭的咳了咳。「你知道的。」

「呃，我知道……什麼？」巴克斯問。

不自在的低吠聲在室內迴盪著。

「你一定要……嗯哼……脫掉你的制

服，」她說，「偉大的狗狗天神造我們出來是什麼樣子，地球的狗就照那樣生活。赤身裸體。」

巴克斯倒抽一口氣。「連我的項圈也要脫掉嗎？」

「天啊，當然不用！」瑪菲說，「地球狗依然是犬族，不是什麼無腦的野獸！」

「你不需要覺得難為情，好同志！」巴克斯脫掉他的背心時，費朵說，「這是地球體驗的一部分。能夠幫助你接觸到你的原始自我。」

「搞不好你會享受這種原始的自由，」瑪菲說，「可是不管你受到多大的誘惑，都不要與任何一個人類產生羈絆，」她警告，「要不然，你就會受到**主人條款**的約束！如果發生那種事，同志，你的任務就可能會失敗。」

巴克斯身上只剩下項圈和執照，但依然意氣風發的挺立著。「別擔心，」他說，「我會找到這個威斯苛，而且我會讓他償還他欠狗族的債！」

整個安全狗群齊聲嗥叫，表示贊同。

第 1 章

「拉吉，我需要你的幫忙！」我爸把頭探進我房間，身上穿著寫了**牙菌斑很糟糕**的 T 恤。「你想我應該報名『齒冠之王』講座，還是『珍珠大門：美白牙齒的探險演示』呢？」

現在是星期天下午，他和媽準備出門參加在夏威夷的牙科研討會。爸說是「工作」，可是就我聽來很像度假。

「哇，」我邊打哈欠邊說，「兩個似乎都滿有趣的。」

「克里胥，快點打包，」媽對爸喊道，「我們不能錯過班機！」

我跟著他走回他們房間。「真不敢相信你們要丟下我，自己跑去夏威夷。而且還會錯過我的生日！」

「可是你要上學啊。」媽說。

說的好像我會忘記一樣的！但我明明**想要**錯過學校。

「況且，」媽說了下去，「你阿己很期待跟你

一起過這段時間。」

阿己——指的是我阿媽。不是我爸的媽媽（她是一個有趣的人，而且我想要的漫畫都會買給我）。而是我媽的媽媽，她個性有時還滿強悍的。我愛她，但是與她和我外公相處整整兩個星期會讓人精疲力竭。

「可是你的工作怎麼辦？」我問媽，「你真的要閒閒坐在海灘上，而不做……你平常在做的事情嗎？」

「我，**閒閒坐著？**」媽哈哈笑，「我要上一整個星期的密集衝浪課，接著要接受一個星期的深海潛水訓練。另外，我上午還有皮拉提斯課，晚上要上日文課。」

「我要和全世界最酷的牙醫們一起上『牙照：口腔攝影的發展進程』！」我爸說，「再來我就要在泳池邊好好放鬆了。」

他把一堆衣服丟進行李箱，現在正把箱蓋關起來，突然間他叫了一聲，將手臂抽走。

克勞德的掌子從一件短褲下面伸出來。

「噢噢噢，瞧瞧這個小偷渡客！」爸揉著被抓傷的手說，「你想去夏威夷嗎，兄弟？」

克勞德哈氣。

我聽到有車子開了過來，然後門鈴響起。

「一定是你阿己，」媽對我說，「去開門讓她進來吧！」

我跑下樓，打開門就發現阿媽站在前廊上。一手握著世界上最大滾輪行李箱的把手，另一手抓著一條牽繩，牽繩連向一條**小狗**。

第 2 章

今日下午陽光燦爛，我正在小睡。我的睡眠不像人類那種死了似的沉睡，而是高度警覺的恍惚，所有的貓族都會在這當中策劃著事情。噢，我想出了多麼巧妙的計謀啊！有三種精采的發明，每個都是設計來協助我重新征服我的家鄉星球。

唯一的問題是要先啟動哪個裝置：嗡嗡光柱，就是一種雷射光，能將人類洗腦成為我旗下的士兵；吸星器，一個巨大的電池，可以駕馭超級新星的毀滅力量；或是松鼠彈弓，我想，看字面就知道意思了吧。我的手下澎澎毛正在砂盆星地表底下深處的祕密實驗室裡，研發這三種東西。

除了工程任務之外，澎澎毛也要隨時向我通報家鄉的政治局勢。令人開心的是，我的死敵利牙將軍正在坐牢。可是那個背叛成性的三花——就是我**親自**從愚蠢和懶散貓生拯救出來的地球小貓——現在在至高寶座上，以格外殘酷的手段統治著星球，眾貓都鄙視她。

我當然以我的門徒為榮。但更重要的是，她如

此不受歡迎，反倒給我機會推翻她的專制政權，換成我自己的專制政權！

我在自己的謀略小室裡翻了個身，妖怪稱這個裝置為「行李箱」。突然間，那個禿頭妖怪開始將他俗氣的身體覆蓋物拋到我身上。好大膽子！

我用爪子劃傷他後，正要回頭小睡，這時入侵警報響起。

男孩人類急忙打開前側閘門，就在那時，我聽到最能擾亂貓族靈魂的野蠻聲音。

會是那個嗎？

我悄悄走下樓，驚恐的看到一個陌生的老年妖怪正握著枷鎖，帶著**他們**當中的一員。

所有貓族不共戴天的仇敵。

一條**狗**。

　　我的鬍鬚因為強烈反感而抽搐著。我這輩子從來不曾這麼靠近狗族，砂盆星跟狗星球之間相隔了寬達十億英里的中立區。（我曾經擅自進入過——堂而皇之的！不過，那是另一個故事了。）

　　在地球這裡，我只從遠處看過狗，人類牢牢

控制住他們。狗族要不是被囚禁在碉堡裡，不然就是在院子中，由籬笆那種高高的擋牆保護著。有時候，他們甚至受到力場控制，力場和電擊項圈相連──這種方法眞是妙透了！

因爲狗族管教似乎是妖怪表現得頗有責任感的領域，而目睹那個老妖怪接下來做的事，則讓我驚愕不已。

她彎下身體，解開狗項圈上的繩子。那頭窮凶惡極的野獸現在**自由**了！

第 3 章

　　阿媽給了我一個大大的擁抱。「看到你真好！看看你長大好多喔！」接著她轉向那條狗。「瓦佛，這是我的『莫麻嘎』——在我家鄉卡納塔卡邦，意思就是孫子！」

　　瓦佛的高度到我小腿一半，身上有一大堆白毛，很難看到他的眼睛。他像發瘋般的狂吠。「啊，阿己，」我說，「你知道我們現在養了貓吧？」

　　「噢，太好了！」阿己說，「我們必須看看，瓦佛跟貓處不處得來。」

　　可是他能跟邪惡的外星貓大帝處得來嗎？更重要的是，克勞德能跟狗處得來嗎？

　　我轉身看到克勞德在客廳另一端伏低身子，僵住不動。他瞪大雙眼，大得跟二十五分銅板一樣，他都炸毛了，彷彿遭到電擊似的。

　　我有種不好的預感。

　　「阿瑪！」媽邊說邊走進客廳。「你明明答應把寵物都留在紐澤西的！」

　　「是啊！瓦佛是我負責中途的狗。我不能在他

跟我產生羈絆以後拋下他，他心理會受創的！」

克勞德現在伏低身子，悄悄的走向瓦佛。我在想我們是不是全部都會留下心理創傷。

「等等，阿帕呢？」媽問，「我買了兩張機票耶。」

「唔，瓦佛需要座位啊。」阿己說，伸手往下摸摸那條狗，小狗還是吠個不停。她轉向我。「拉吉，抱歉你阿公沒來，他工作走不開──不像某些人。」她瞥了我爸一眼。

「可是阿己，」爸說，「這趟是工作啊。要不然我怎麼跟得上名家設計牙套的最新潮流？」

阿己翻翻白眼，我爸聳了聳肩。「我來幫你提你的大行李袋。」他說。

「路邊還有兩個。」

爸到外頭去拿阿己剩下的東西時，瓦佛突然注意到克勞德。他把腦袋偏向一邊，不再汪汪叫。

我低頭看著克勞德，再回頭看看瓦佛。我聽到低沉、不祥的吼叫，但我分不出是哪隻動物發出來的。

「這樣好嗎？」我問。

阿己露出笑容。「讓他們自己解決吧。」

好吧，低吼絕對是克勞德發出來的。他又朝瓦佛跨出一步。突然間那條狗**炸開**來，對著克勞德的臉咆哮狂吠。克勞德轉身狂奔，衝進廚房，跳到冰箱頂端。狗追了過去，依然吠個不停，克勞德高聲回應。

「欸，那隻貓的叫聲還真有趣。」阿己說。

爸拖著阿己剩下的行李，吃力的走進屋裡。「你打算搬進來嗎？」他緊張兮兮的問。

我聽到外頭傳來喇叭聲。是來載我爸媽的計程車。

媽親了我一下。「好了，要乖喔，聽阿己的話，拉吉。」她說。

「預祝你生日快樂！」爸說，擁抱了我。

媽在門口頓住，轉身給我一抹大大的笑容。「你可能會想回房間去找個特別的小東西，」她說，「掰嘍，親愛的！」

第 4 章

　　我蹲踞在冷卻食物的設備頂端，安全無虞，低頭瞪著那隻流著口水、反覆發出恐怖戰呼的狗族。

「汪汪汪汪汪汪汪汪！」

　　這條地球狗真是個奇怪的東西！

跟人類不一樣的是，他很有概念，知道要用四條腿走路。而且沒有人類那麼醜惡，擁有適當的身體部位：皮毛、尾巴、鬍鬚、爪子。可是他的口鼻像嘴喙那樣往前突出，鬍鬚短硬細薄，不可能作為星際感應器。他的耳朵，跟貓那種氣勢非凡的三角形不同，是垂軟下折的，顯然是故障了。

古老典籍記載了不少關於狗族的事。很久以前，在那段被稱為黑暗時期的和平時代，貓和狗一同住在克里特爾星球上。這個時代在 2B 年驟然終結，當時有條狗做了件天理不容的事，就是擅自闖進貓族領地，撒了泡尿，企圖為所有的狗族標示領土。

此舉點燃兩個族類之間的激烈戰火，使得克里特爾星球毀於一旦——幾乎跟地球一樣無法居住。後來，停戰協議讓貓族得以殖民遼闊雄偉的貓砂盆星，狗族則得到自己的太陽系，一組由各種星球所組成的犬星星群。

雖然狗永遠是貓最鄙視的敵人，但古老貓族明白，狗族強大且無所畏懼，是唯一配得上貓族的對手。

可是這條狗配得上嗎？他抬頭望著我的深色雙

眼冰冷無神，告訴我他才不配。

「汪汪汪汪汪汪汪汪！」

另一條線索就是他缺乏語彙。

如果，歷經數千年，地球有毒的大氣讓貓族原本聰穎的腦袋鈍化了，肯定也影響了狗族的大腦。但地球是否也改變了這個可恨族類的其他強項呢？

我必須查個清楚。

第 5 章

　　我的禮物——是一台 4K 運動攝影機！加上頭戴裝置！這正是我想要的東西。

　　我把它綁在頭上，拍攝爸媽搭車離開的情景，這時阿己把我叫進廚房，要我幫忙她把行李箱的東西整理出來。

　　「唔，我們不是應該在客房弄嗎？」

　　「衣服我不需要幫忙，」阿己說，「我需要幫忙的是生活用品。」她從最大的行李箱拉出一疊托盤——thalis（一種金屬圓盤），然後是一個鍋子和一只煎鍋。「我必須帶我的 kadais（平底圓鍋）、tava（平底煎鍋），當然還有我的研磨機過來！還有，在奧勒岡這種地方，我要上哪裡找**這樣**的水果和蔬菜？」她拿出一顆椰子，還有比我手臂還長的豇豆。

　　「我們這裡有店家啊。」我說，雖然那些店可能沒賣三尺長的豆子。

　　阿己打開櫥櫃，舉起我媽平常用的印度咖哩粉。「你們在那些店買機器事先研磨好、拌好的香

料？」她說，一面發出嘖嘖聲，「你的阿己喜歡用老派的方式來做事情。」

　　我拉開另一個巨型行李箱。裡頭全是給瓦佛的東西：食物、骨頭、玩具、毛衣，約二十個網球，還有一個盒子上頭寫著：豪華小狗氣墊床。

　　「哇，瓦佛的東西比我還多。」我說。

　　與此同時，他依然抬頭對著冰箱上的克勞德狂吠。

　　「他到底要叫到什麼時候啊？」我問。

　　「給他們一點時間。」阿己說，然後開始把媽的廚具全部丟進箱子裡。

這一定會惹媽不開心。

「你能不能幫忙吹瓦佛的床？」她問，「我沒空間塞電動幫浦。」

我拿出氣墊床，竭盡肺部的力量，吸飽了氣再吹進去。床墊的一角微微抬起，然後又垂下。我繼續吹啊吹，小狗繼續吠啊吠，克勞德繼續憤怒的瞪著。

克勞德該不會發動攻擊吧？我的意思是，雖然他很愛誇口說大話，但還算懂得自我保護，逃到冰箱頂端。

那他為什麼撅起屁股左右扭動，好像準備要……

第 6 章

跳！

我卯盡全力，從蹲踞的地方縱身一躍而下，飛越──只是勉強的──那頭畸形野獸空咬不停的下巴。

我優雅的落地，然後衝進客廳。那頭凶猛的惡魔緊跟在後，窮追不捨！

我陷入極大的危險中。

每一步都可能是我生前最後一步。

我頓時覺得活力四射！

我跳向高背軟墊椅的頂端時，撞倒了父親人類的一個盆栽。那條狗的腿又粗又短，碰不到我，所以他繞著圈子跑跑跳跳，狂吠不停。

我忍不住發出歡喜的呼號。

「瓦佛，別再折磨那隻乖貓咪了！」老年妖怪從另一個房間呼喚。

乖貓咪？她真沒概念！

但是我正好可以利用她的無知為自己謀取利益。

我用掌子輕輕一推，將提供光線的裝置從位子上推下去。它砸碎在地板上。

「不行，那個檯燈不行啊！」男孩妖怪大喊。

他腦袋上綁著小小的塑膠裝置，跟在我們後面追進了房裡——也許是設計來刺激和強化他小腦袋的——這讓他看起來比平日更荒唐。可是我現在根本不在乎那件事。我從椅子上拍下靠枕，它擊中了

那條狗的口鼻。

接著怪事發生了。那條狗竟然開始攻擊靠枕！那頭野獸彷彿完全忘記，他有個戰鬥的對象，一個活生生會呼吸的敵人。

所以這個瓦佛一點都不聰明。

不過，倒是個強壯到令人欽佩的傢伙。他用尖牙撕扯布料，拉出填塞物，將它拋向空中。短短幾秒鐘，那條狗就屠殺了靠枕。不過那頭野獸依然低吼不停，狂咬被他支解的碎片。

「瓦佛，住手！」男孩妖怪哭喊著，「那是媽最愛的靠枕耶！」

總比傷到我好吧，妖怪。

現在那個老太太來到戰場邊緣。「瓦佛你這個搗蛋鬼！」她說，「坐下！」

接著真正驚人的事情發生了。

那條狗停止了大屠殺，任由靠枕的殘餘物從嘴巴掉下，然後坐了下來。他垂下腦袋，抬眼望向那個年老妖怪。

我簡直不敢相信，可是那條狗似乎表現出人類最無用的情緒之一：罪惡感。

　　「你不能追那隻小貓，」年老妖怪對那條狗說，「現在，**過來！**」

　　那條狗乖乖的快步跑向她。

　　我因此發現了一個了不起的真相：狗會聽從人類的**命令**。

第 7 章

　　我突然很高興爸媽不在家。因為如果我媽看到客廳現在的樣子，肯定會打電話叫動物控制單位過來。

　　那盞古老的檯燈在地板上碎成一片。而媽親手編織的那個裝飾靠枕看起來好像進過垃圾處理機。

　　至少瓦佛似乎覺得很羞愧。克勞德則是一臉得意洋洋。

　　我跟阿己說，這個爛攤子由我來善後，這樣她就能好好把行李整理完畢。我在掃碎玻璃的時候，想起自己還戴著 4K 運動攝影機，從剛剛就一直記錄。也許我追狗，狗追貓，會是一段滿酷的短片。

　　我急忙走進房間，發現克勞德蜷著身子在床上。

　　「我知道打翻檯燈的是你，克勞德，」我邊說邊將攝影機連上電腦，「還有媽的靠枕！你知道她做那個東西花多少工夫嗎？」

　　克勞德開始舔掌子，伸到耳後搓了搓，他對自己特別滿意的時候都會這樣。「都是瓦佛的錯，你

阿媽都這麼說了。你應該聽你家長輩的話。」

「你和我都很清楚，這是你的錯。」

克勞德壓低耳朵。「你沒辦法證明。」

「噢，可以，我可以。」我說，然後按下**播放**。

畫面晃動不定，可是絕對拍到了克勞德推下檯燈，把靠枕拍下椅子。

「這就是你要的證據，克勞德！」我說，「怎樣，克勞德？」

他一把跳上書桌，目不轉睛盯著螢幕。他的鬍鬚用一種我從沒見過的詭異方式抽動著。

「你是怎麼辦到的，人類？」他質問。

「我的新攝影機，酷吧，」我說，舉起它。

克勞德開始發出呼嚕聲。

第 8 章

　這是何等動人的景象！

　我高高蹲踞在怒火衝冠、屠殺靠枕的狗族上方，何等光輝！大獲全勝！

　妖怪的頭戴攝影機原始到很可笑，可是比人類的其他一般成品都好。「你是怎麼取得這項科技的？」我質問。

　「我的生日禮物，」男孩人類說，「你在你的星球上會慶祝生日嗎？」

　「砂盆星的**每隻貓**都要慶祝我的生日，」我說，「要不然就等著我一根根拔掉他們的鬍鬚。」

　可是，現在沒時間解釋**至高領導宇宙日**的樂趣和種種令人興奮的慶典了。因為這個粗糙的妖怪科技改變了一切！

　我衝到地下碉堡呼喚澎澎毛，通知他計畫有變。

　「可是，松鼠彈弓呢？」他說，「我真的滿喜歡那個的。」

　「那些精采的構想一定要暫時擱置，奴才，」

我說，「從現在開始，我們不用武器戰鬥，改用**影像**！」

「啊？」澎澎毛說。

我向他解釋，我有史以來最邪惡的計謀。澎澎毛會把我羞辱地球狗的影片，傳送至砂盆星的每個角落。「所有的貓族都會對我竟然能支配犬類而肅然起敬，並且大感驚奇。貓族將會對我心生畏懼與崇敬！」

「等等，您碰到**狗**了？」澎澎毛倒抽一口氣，「他沒殺了您？」

「他試過了，」我說，「可是我太狡詐。噢，我好好玩弄了那頭野獸！而那只是開端。」

我提醒澎澎毛，很久以前我曾經跨越中立區，走訪犬星星群。當時我只是個軍校生，但那天我對狗族使出的小惡作劇，卻在我家鄉星球上，替我贏得了不朽的名聲。

但是，要是我的貓族同伴們看到我的計畫，過去那份惡名即將相形失色！

第 9 章

隔天早上，克勞德的心情似乎異常的好。他說今天真是美好的一天，我從沒聽他講過這種話。

我穿上襪子的時候，他問：「你是不是忘了戴上那個捕捉影像的頭戴酷裝置？」

「我只是要到樓下吃東西，」我說，「你真的覺得早餐會那麼有趣嗎？」

「噢是的，」他說，「**非常**有趣。」

我聳聳肩。「好吧，」我說，然後戴上它。

貓咪喜歡的事情真奇怪。

到了樓下，廚房徹底變了個樣，銅製平底圓鍋掛在鍋架上，流理台上排排放著一罐罐香料。看起來就像阿己在紐澤西家裡的廚房。她住在愛迪生市，幾乎是印度境外最印度的地方了。商場裡滿是印度超市、印度餐廳和紗麗店，當地的百貨商場還會播放寶萊塢電影。那裡真的滿棒的。

「Dosa（都沙煎餅）！」阿己說，把塞滿馬鈴薯的脆薄餅，裝在銀盤子上擺在我面前，「你最愛的！」

好吃！我媽很少做這種食物，主要是因爲她工作太忙了。而我爸連把水煮滾都不大會。

「看來你喜歡我弄的早餐，」阿己看著我狼吞虎嚥吃下第二份煎餅說，「那你一定會很愛我替你打包的午餐！」

她遞了個笨重的藍色背包給我。我看了看裡面，有兩疊圓形金屬容器。

「Tiffins（印度多層便當盒）！」她說。

「我平常的午餐包呢？」我問。我眞正的意思是，**我平常的午餐呢？**

阿己對我發出嘖嘖聲。「別擔心！阿己最懂。接下來兩個星期，你會比學校的其他人都吃得好。我可以向你保證。」

爭辯是沒有意義的，因爲阿己比媽更固執。

加上，我注意到克勞德。他鬼鬼祟祟溜到狗床邊，瓦佛正躺在上頭睡覺。

「克勞德！」我悄聲說，「**別煩那條狗！**」

「你剛說什麼，拉吉？」阿己問。

「我——呃——在跟克勞德講話。」

「不用覺得不好意思，不必小聲說！」她說，

「我有時候也喜歡跟我的動物講話。這點倒是提醒我——我把瓦佛最愛的玩具忘在樓上了。眞不敢相信他沒有他的熊寶寶，竟然還睡得著！」

她一離開廚房去拿，克勞德就說，「妖怪！看招！」

接著便朝著狗鼻子揮了一掌！

第 10 章

太簡單了。首先，容易上當的男孩妖怪同意將攝影機戴在頭上。（跟狗不同，我不接受人類的命令——**命令由我來給**。）然後，男孩妖怪忙著吃年老妖怪做的食物時，我悄悄接近那條狗。

他閉著雙眼，看來在小睡。不意外，這不是貓族那種警醒的小盹，而是人類那種流著口水的無意識狀態。不過，我接近的時候依然小心謹慎。

近看之下，那條狗甚至比我原本想像的更令人忐忑。他的皮毛，與貓咪柔軟華麗的毛皮不同，不只粗糙，而且呈波浪狀。他的爪子看起來又粗又鈍——他怎麼有辦法用爪子劃擊敵人？還有，他現在穿著身體覆蓋物，就是妖怪稱為「毛衣」的那類衣物。可是為什麼？這頭怪獸明明有**毛皮**，雖然難看而且臭臭的。

男孩妖怪要我別吵那條狗。可是我另有計畫。

等攝影機朝我的方向轉來，我的秀就準備登場。

呼咻！

我將爪子完全伸出，打了那條狗的鼻子。那頭野獸的眼睛猛的睜開，發出震驚和痛苦的叫聲。他看到我的時候，開始咆哮，低沉的轟隆聲，聽起來像雷鳴。然後他撲了過來。

我以優越的貓族反射動作，讓我免於落入他狂咬嘴顎的死亡陷阱。我衝下樓到我的地下掩體，跳進了有蓋的沙盒裡。狗瘋狂的汪汪狂吠，以為他困住了我。

真是愚蠢。

我的攝影人類抵達現場的時候，我開始用後掌踢起沙子，狂沙紛飛，使得那條狗一時間什麼都看不見。接著，我衝了出去，落在他的背脊上！

那個怪獸叫了一聲，弓背彈起，在原地繞圈打轉，急著想把我甩掉。

但我只是將爪子扎得更深！

「克勞德，你**瘋了**嗎？」男孩妖怪喊道。

我將爪子扎剌瓦佛的側邊身體作為回答，然後我們回到了樓上。我們衝進客廳時，我發出勝利的呼喊。但接著那個年老妖怪不知從哪裡蹦出來，一把將我從那條狗的背上抓起來！從外表看不出她動作這麼快。

那條狗連忙轉身面對我，準備再次投入戰鬥。他的雙眼閃著殺氣騰騰的光芒，我則抗拒著女妖怪鋼鐵般的手勁。最後，我好不容易扭身掙脫了她的魔掌，撤退到了更高的地方。恰好就在那個年老人類的頭頂上。

「克勞德！從我阿媽身上下來！」

第11章

用這樣的方式開啟星期一，真的很糟糕。

我的貓耍了我，要我戴上頭戴攝影機，好讓他拍攝到自己折磨那條狗的過程，這樣彷彿還不夠糟似的，我還得把他從我阿媽的頭上拉下來。現在，我提著重到我幾乎提不動的午餐包。我真的希望不會有人注意到。

「嘿，那第二個背包是怎麼回事？」史提夫一看到我就問，「你想變得更聰明嗎？」

「你有這種想法，才嚇人好嗎！」雪松對他說，「可是你幹麼背兩個背包啊，拉吉？」

「我不想談這件事。」我嘀咕。

午餐時，我坐在平日那張桌子，盡可能不發出聲音的取出多層式便當盒。

麥克斯朝我湊過來。「那是什麼鬼東西？」

「我的午餐，」我感覺臉頰燙熱的說，「就是一堆不同的，那個，印度菜。」

我掀開一個又一個金屬便當蓋。阿己替我打包了 baingan bharta（烤茄泥）、dal（扁豆糊）、

41

米飯、raita（優格醬）、rasam（蔬菜湯）、mango pickle（醃漬芒果）、coconut chutney（椰子沾醬）等等的。在任何其他的地方，這些香味都可能會讓我口水直流。可是在這裡不是。因為大家都盯著我看，在學校裡，你**絕對不會**想要這樣。

麥克斯皺起鼻子。「味道聞起來好怪。」

「看起來像是奇怪的嬰兒食品。」布洛迪說。

別的小孩也開始指指點點，對著自助餐廳托盤上的起司通心粉竊竊私語──那個東西才叫噁心吧，跟我的烤茄泥不一樣。

我開始將食物塞進嘴裡。我吃得越快，它就會越快消失，這樣每個人就會轉移目標，找別的東西來嘲笑。

蠍子和蠑螈要去拿第二份起司通心粉時，路過我身邊。「好噁！」蠍子說，捏著鼻子，「那個**臭味**哪來的啊？」

我不理會他，希望他會繼續往前走，可是他並沒有。他停下腳步，站在我面前。

「我早該知道的，」蠍子說，「味道就是從老

鼠這邊傳來的。而且他用小狗的碗吃東西！」

　　蠑螈輕聲笑著，可是什麼也沒說。

　　我再也不覺得餓了，但還是繼續吃著。

　　不管我有多窘迫，我還是覺得這是全世界最美味的食物。

第 12 章

「您騎著那條狗在碉堡裡走動，然後坐在妖怪的頭頂上——實在**棒極了！**」澎澎毛嚷嚷，「這裡大家都不敢相信！您如此英勇強壯，他們都覺得好驚奇。」

我不得不承認：連我自己也覺得很驚奇。

昨天，男孩妖怪去上沒意義的學校之後，我將影片傳給澎澎毛，要他在砂盆星上廣為傳播。

「他們現在改口了，不再稱您為最可恨的暴君威斯苛，」我的嘍囉說，「而是稱您為強大的威斯苛，三物種之主！」

「**三物種之主！**」我複述了一遍，發出呼嚕聲。

「您有一群死忠支持者——誰曉得竟然有這樣的團體！——正呼籲要將您帶回來，」澎澎毛說，「三花女王已經派人用線繩將那幾個忠誠者的尾巴綁起來倒吊著，但也阻擋不了他們。您成了平民貓的英雄，這**很難相信**，對吧？」

一想到那隻可悲的地球貓，因為我受到愛戴，

而氣得咬牙切齒，我就呼嚕得更大聲了。

「您什麼時候會將下一段影片寄來，噢偉大的您？」澎澎毛說，「眾貓乞求要看更多。」

這是唯一的障礙。男孩妖怪今天帶著人類稱為「暴躁」的疲軟憤怒情緒回到家。他很不高興我當初騙了他，現在他拒絕戴上那個捕捉影像的裝置。他難道不明白，這樣會讓我光榮返回砂盆星的行動有所延宕嗎？

事實上，他並不明白。他**無法**明白，因為如果我跟他說我的計畫，他的眼睛就會開始滲水。然後，他就會求我不要走，這種事情會讓我覺得無趣，也會惹惱我。

「所以就這樣了嗎？」在我告訴他妖怪拒絕的事情後，澎澎毛問，「您難道不能找另一個——人類都怎麼叫？『攝影師』——嗎？」

我用一掌撫平我的鬍鬚。「噢，你別擔心，我有另一個攝影師人選，」我說，望出地下掩體的小小觀景窗外，在對街的堡壘裡，肥軟虎斑正躺著睡覺，「或者該說，**攝影貓！**」

呼嚕嚕。

第 13 章

　　我的手機在凌晨一點時響起。

　　「爸爸？」我迷迷糊糊的說，「怎麼半夜打給我，一切都還好嗎？」

　　「噢，是的，一切都很好，」他驚呼，「真的有這麼晚了嗎？」

　　「對啊，你知道的，**有時差**。」

　　「糟糕，」他說，「唔，只要講得到話就好，這幾天過得如何啊？」

　　我不確定該說什麼。

　　我應該告訴他，瓦佛太愛亂吠，不會玩「我丟你撿」，根本沒辦法牽去散步，**而且**有嚴重的放屁問題嗎？

　　還是要說，我懷疑只要我一轉身，克勞德就會想盡辦法折磨瓦佛，而且常常在我直直盯著他們的時候這麼做。

　　還是要說，阿己讓我帶著醃漬芒果去學校，讓整個自助餐廳都是我的食物的味道。

　　「一切都好，」我說，「你們下個週末就回來

了，對吧？」

「呃，不是喔。因為要加上旅途時間的關係，研討會實際上比兩星期長一點。可是拉吉，這裡好棒喔！我打電話回來，因為我知道你會很想聽聽我超酷的專題討論⋯⋯」

接著，爸暢所欲言講了整整一個鐘頭。聽他講話聽到睡著會很沒禮貌，所以我決定替自己弄個宵夜。一碗扁豆糊在我們的新微波爐裡打轉時，我開始聽到奇怪的聲響，我把我的手機麥克風按靜音，走到地下室去。聲音來自貓砂盆。

「克勞德！」我說，「你在裡頭幹麼？」

聲音嘎然停止。「呃⋯⋯排便？」克勞德說。

克勞德並不常用貓砂盆來便便，所以這個回答很可疑。我正準備要好好調查時，卻意識到爸正在叫我名字。

「什麼？抱歉，爸——我，呃，可能稍微睡著了一下。」

「我只是在說我想念你！你阿媽怎麼樣？那條狗呢？他和克勞德處得來嗎？」

我考慮要和盤托出。可是他又能拿阿己的午餐或是瓦佛的臭屁怎樣呢？

「說真的，爸，一切都好。」

接著我爸繼續說話，而我上樓去吃我的扁豆糊，克勞德則回頭去忙他原本在貓砂盆裡做的事。

第 14 章

我的計謀進行得很順利。

肥軟虎斑的人類妖怪近來都會逼他穿著胸背帶，我將攝影機繫在上頭。（她近來習慣把肥軟當成狗一樣牽著散步，雖然我從親身經驗得知，他在這方面表現得極差。）

除了攝影職務，肥軟還有另一項功能，就是當瓦佛的誘餌。那條白痴狗追著那隻胖子地球貓跑，衝進我替他設下的每個陷阱。

首先，肥軟將瓦佛引誘到淋浴間，我將他鎖在裡頭，直到他渾身溼透絕望的號叫著。接著，是花生醬的輝煌事件。昨天，我將他們兩個都鎖在烘乾機裡，整個下午愉快的看著他們繞著圈圈轉啊轉。

轉啊轉。

肥軟將這一切全都拍進影片裡了！非常不幸的，他也拍到了他舔自己的……系列影片，唔，是什麼就不直說了。

想當然耳，砂盆星的眾貓看到影片就像看到炸餅串一樣，急著一口氣吃光光！而最近一段「花

園水管」影片，更是在三花女王宮殿外頭，引發了
騷亂，整個貓族都在高呼我的名字！

　　「您的死忠支持者（我依然不敢相信您有）正
在準備一艘太空船要接您回來！」澎澎毛說，「他
們只需要再多一點證據，證明您能駕馭狗族，他們
就會去接您了！」

　　為了達到這個目的，我在我的砂盆實驗室裡忙
碌了好幾個晚上，改進人類有限的科技。

　　人類妖怪連在耳朵上，用來打「電話」的鐵

線，在跟澎澎毛通訊上非常實用，更好的是——我將男孩妖怪的攝影機，跟銀河外貓族影像傳輸連接起來，這一來，我就能實況轉播下一個事件到砂盆星上。

我也一直細心觀察，年老妖怪怎麼訓練那條狗表演把戲。（我不懂要一條狗坐下為什麼是個把戲。征服跟壓迫幾百萬條狗——那才叫把戲。）

我痴痴等待的時刻終於到來了。

「我現在要去買東西，貓咪，」年老妖怪說，「你跟瓦佛要善待對方，聽到沒？」

善待——又是一個我們貓族字典裡沒有的詞彙！

一等年老妖怪離開，我將攝影機套在肥軟身上，跟我的嘍囉聯繫上並確認狀況。「大家準備好了嗎？」我對著耳機說。

「是的，噢大王！」澎澎毛說，大家的鼓譟聲幾乎壓過了他的聲音。

「噢噢噢，瓦佛！」我呼喚，「我有點心要給你！」

我等著聽他的爪子在地板上踩出喀答聲。（他無法收起爪子——狗的設計真是不良。）不過，他

今天並未上當。**可惡！**

我終於在屋外的樹叢底下找到那條驚慌的狗。那是個藏身的好去處，只是他的白色長尾巴從樹葉之間探了出來。

我將肥軟安排在完美的位置上，然後模仿年老妖怪，以威風的語氣說話。「瓦佛，**過來！**」

那條狗無法抗拒命令，從樹叢退了出來，鬼鬼祟祟走向我。他一臉驚愕和困惑。

「瓦佛，**坐下！**」

他照做了。

「瓦佛，**翻身！**」

然後……他也照做了！

他翻肚平躺在地，我將掌子牢牢貼在他的肚皮上，藉此顯示他的等級低於我。

「大王！**噢大王！**」澎澎毛對著我的耳朵裝置喊道，**「大家驚奇的倒抽一口氣！他們喊著要結束您的放逐，返回家鄉！他們希望封您為永永遠遠的皇帝。救援太空船正在籌備當中！」**

接著，我聽到一個低沉陌生的聲音從背後傳來。

「砂盆星的威斯苛！」那個聲音喊道，「我們
終於見面了！」
　　我轉過身去，不敢**相信**我看到了什麼。

第 15 章

「如果你不喜歡你阿媽煮的東西，幹麼不自己打包午餐？」雪松問，我們正從學校走路回家。「你有手啊，應該可以自己做三明治吧。」

阿己多層便當的鋪張盛宴進入第五天──這些食物把我變成了社會邊緣人。還好今天是星期五，已經放學了，所以幾乎有三天時間，我都不用再為午餐傷神了。

「我不想傷她的心，」我說，「況且，我愛阿己的料理。我不喜歡的只是在學校自己一個人吃午餐。」

「我也愛她的料理！」史提夫說，「那個烤泥切真是棒透了！」

「你是說烤茄泥吧。」我糾正他。

雪松突然揪住我的手臂。「呃喔，」她說，「我看到冷血組在前面。」

蠍子和蠑螈正靠在學校前方的柵欄上，合吃一袋薯片。

「喂，老鼠！看到這個了嗎？」蠍子在我臉前

搖著一袋脆薯片說，「這才是**真正**的食物。」

「真正的食物？拜託喔，」雪松嘲笑，「那是油炸的三角形，由鹽巴、油脂、基改玉米組成——」

不管雪松還想說什麼，都被瘋狂的汽車喇叭聲淹沒了。是我阿媽，開著我們家的車。

「拉吉！拉吉，是我——你的阿己！」她停在我們身邊，差點開上了人行道。「這些是你在學校的好朋友嗎？」

我看看雪松和史提夫，再看看蠍子和蟒蜥。我該說什麼：難道要說，有一**半**是，另外兩個是徹頭徹尾的混蛋嗎？

阿己沒等我回答。「我來接你去吃冰淇淋。感謝老天星期五到了，對吧？我可以帶你所有的朋友一起去！來吧，孩子們，上車！」

想到要跟蠍子一起吃冰淇淋，我就覺得毛骨悚然。但，對他來說顯然更恐怖，因為他連忙抓著蟒蜥，快步離開了。

　　站在我面前的，是我目前為止在這個悲慘星球上見過最惹人厭的東西：**會講人類妖怪語言的狗**。他的體型是瓦佛的兩倍大，一身黃色長毛，一雙大大的棕色眼睛。

我的尾巴因為厭惡而炸膨了毛。「你是誰？」我質問，「你是**什麼東西？**」

「我是太空巡警巴克斯，」那個怪獸宣布，「PUPPS 安全狗群的特別探員。」

我伏低身子，進入防禦蹲姿，發出嘶嘶聲。PUPPS 是傳說中的星際犬族中隊，在宇宙中四處巡邏，追求「行俠仗義」的機會。他們的任務雖然很荒唐，但所有的貓族都怕他們。

巴克斯站起來，身形高大、咄咄逼人。接著他打開帶有利牙的巨大嘴巴。

「所以你是愛上了這個星球還是怎樣？」他說，「太不可思議了！地球實在**美極了！**還有這些人類？他們長得真好看。他們的氣味也棒透了！瞧瞧這條跟你成了朋友的狗，他光著身子，看起來美好強壯。看到這裡的狗和貓和平生活在一起，我真的很高興，就像在往日的黃金年代一樣。我好像是死了投胎到地球上，噢等等──這裡**就是**地球啊！」

我幾乎無法壓抑我的嫌惡。「所以你**故意**來到這個悲慘星球？」

「當然了！但不是因為地球這麼美妙。我來這

裡是爲了將你繩之以法——爲了你對朗普茲所做的事。」

「朗普茲？什麼是**朗普茲？**」

「是個星球。記得嗎？就是你**炸掉**的那個。」

「啊，你們叫它『朗普茲』？」我說，「眞滑稽。我以爲它叫**砰轟隆！**」

「是，呣，總之，」巴克斯說了下去，「我必須逮捕你。很掃興，我知道。」他裝出悲傷的狗臉。「你可以先聽聽自己的權利——滿好玩的唷：你有權保持緘默。你有權聞你路過的任何一棵樹。你有權尿在你路過的任何一棵樹上。你有權——」

突然間，我耳裡有個聲音說：「**大王！您有危險了嗎？所有的貓都在納悶。**」

噢不，那個貓攝影機！肥軟正盯著我們看，而且把一切都傳回了砂盆星！**可惡！**

「欸，」巴克斯說，「我知道我們的族類已經敵對兩萬年，可是咱們秉持地球的精神，想辦法好好相處吧！我會帶你回到犬星星群——對於你把朗普茲炸成碎片這件事，大家都還忿忿不平——不過也不一定都是判刑跟懲罰——我們的太陽系這個時節風光正明媚呢。有不少東西可以看，有很好聞的

氣味……會很棒的！」

「聽著，狗——」

「噢，你可以叫我同志。」

「我想怎麼叫就怎麼叫！」我以我最有威嚴的語氣說，面對著攝影機，「可是你要明白：你不能跑來這裡，隨便對**我**下令。應該由**我**對**狗**下令才對。」

巴克斯的尾巴不再搖動。

「你的意思是，你不跟我一起走？」

我嘲笑他。

「為什麼不？」巴克斯一臉困惑，「我剛剛那麼客氣的問你。」

「你難道不明白，你面對的是何方神聖嗎？我可是偉大的威斯苛，三物種之主，是宇宙所知最了不起的貓族大帝！所有的狗都是我的僕從！現在**坐下**！」

巴克斯立刻蹲坐下來，接著一臉驚恐的往上彈起。「嘿，那樣不公平！」

「『不公平？』哈！只有**弱者**和**輸家**才相信

公平。」

　「這樣很不好。」巴克斯說。

　「你知道什麼才是真正的不好？」我問，轉個身子，好讓攝影機捕捉我最好的角度，「就是你毛皮的味道。葛拉希桿魚對你噴了汁？或者那是你**天生**的臭氣？」

　巴克斯困惑的眨眨眼。「現在開始聽起來像在侮辱我。」

　「我**就是**在侮辱你沒錯，你這個流口水的蠢蛋。」

　「可是我來這裡是要帶你回──」

「我不打算跟你走！」我吼道，「所以你何不用那雙毛毛腿，夾著你的黃金尾巴，滾回那個**沒被**我炸掉的狗星球？」

巴克斯齜牙裂嘴，發出低吼，看起來準備要開口說什麼。但他卻直接撲了過來。

然後咬了我的**尾巴**！

第 17 章

我們開車從「溫蒂格子鬆餅碗」店回家的時候，我覺得渾身不對勁，我不知道是因為剛剛吃了三球薄荷餅乾奶油冰淇淋，裝在沾了巧克力醬的捲筒，上面還撒了七彩糖粒，還是因為阿己突然談起辦一場晚餐派對的事情。

要邀請整個六年級。

對我來說，沒有比這個更可怕的點子了。都是史提夫的錯，他告訴阿己，他有多喜歡她的roti（麵餅）和samosas（咖哩餃），讓她滔滔聊起這陣子為我做的料理。

那當然，她說，我的午餐是整個自助餐廳裡最賞心悅目、最營養美味的了。**想也知道**，每個孩子都**嫉妒**我。

我不是有意這麼說，可是話就這樣吐出口了。「你為什麼不能像爸那樣，替我打包起司三明治就好？」

阿己的臉色一暗，我覺得好糟糕。她一直悶不吭聲，直到我們送雪松和史提夫回家。

接著她轉向我說，「拉吉，我們讓他們見識一下。」

「啊？」我說。

「我會準備一場盛宴，你來當我的幫手。讓所有的小孩過來嘗嘗，他們都會愛上這些料理的。」

「阿己，我這個年紀的小孩，喜歡的是熱狗和漢堡，或是便利餐盒。你知道那些是什麼嗎？」

「我從名字就可以聽出來，但我並**不想**知道是什麼。」阿己說。

「可是──」

「跟你所有的朋友們共度時光，會很好玩的，」她打斷我的話接著說，「那個不錯的年輕人──就是轉身跑走、瘦巴巴的那個──一定要找他過來。他看起來需要好好吃頓飯。」

「他叫**蠍子**，他**真 的 不 是**『不錯的年輕人』。」

「我們什麼時候辦才好呢⋯⋯，」阿己邊說邊想，敲著方向盤，「噢，我知道了！你生日那天！」

我發出呻吟，整個人陷進座位裡。狀況還能更糟嗎？至少在她決定雇用小丑來做動物花式氣球以前，我們回到了家。

在等著車庫門升起的時候，我們兩個都聽到了：史上最驚悚的尖叫聲，而且來自我們家後院。

「瓦佛？」阿己說，拔腿跑了起來。

「**克勞德？**」我喊道，然後跑得更快。

第 18 章

「咿咿咿咿咿咿叫嗚！」

痛——我的尾巴彷彿遭受薩尼恩雷射魚雷的轟炸一樣！幸好，我痛苦的吶喊讓巴克斯吃了一驚而鬆開了嘴。我掙脫開來，拔腿就跑，巴克斯緊追在後，僅僅相隔一根貓鬚的距離。

肥軟害怕的朝著另一個方向竄逃，帶著攝影機一走了之。感謝 87 個月亮！我可不能讓家鄉的眾貓目睹眼前的狀況。也就是說，我從狗的身邊逃離。

「**待著別動！**」我回頭喊著。可是嘗到血味之後，巴克斯對我的指令免疫了。現在那頭怪獸就快追上來了！

前方就是院子裡最高的一棵樹。我衝了過去，巴克斯的大嘴在我後頭頻頻空咬。

汪汪汪汪汪汪汪汪汪汪汪汪汪汪汪汪汪汪！

我踩著樹根，往上一蹬，用爪子攀住樹幹。轉

眼間，我就蹲踞在高高的枝椏上。

那條狗想跟在後頭跳上來，可是他笨拙的腳掌抓不住樹皮。

「怎麼啦？同志？」我說，「噢，對了。狗不會爬樹！」

他憤怒又氣餒，用一聲咆哮當作回答。

「現在沒那麼有禮貌了，是吧？」我往下呼喚。

「吼！吼！**吼吼吼！**」

「**大王！大王！您還活著嗎？**」我隱約聽到。

我調整無線耳機。「是的，嘍囉！」我說，「活跳跳的！」

「**噢，感謝老天！那條狗咬了您的尾巴之後，視訊就斷掉了，這邊的貓全都以為，您肯定被吃下肚了呢！**」

「哈！要阻止威斯苛，三物種之主。單憑一隻巡警犬哪裡夠呢！」

「所以，您成功脫逃了嗎？」

「說什麼脫逃啊，嗳……我是……**擊敗**他了。沒錯！」我用最得意的語氣說，「那頭黃色怪獸在

我眼前卑躬屈膝，可憐兮兮的匍匐著，就像另外一條狗。**哈！我根本不把你放在眼裡，下流的狗！嘗嘗我的爪子。**他現在在流血了。還真的……真的……流了不少血。沒錯。」

「所以，呃，他為什麼還在吠？」

「噢，那只是他的……痛苦呻吟。」

「好消息，各位！」我聽到澎澎毛說，他轉述我舉世無雙的戰績來取悅大家。

然後人類們抵達了。

第 19 章

不管那個恐怖聲音是什麼，緊接著爆出一陣憤怒的吠叫和刺耳的叫號。

我一踏進後院，頓時停住腳步。有一條我沒見過的狗靠著後腿，上上下下跳著，彷彿想爬上我們家的橡樹。他對著上方枝椏的東西吠個不停。

那個東西是克勞德。

「嘿！」我大叫，「離我的貓遠點！」

令我驚訝的是，那條狗不再吠叫，轉過身來，立刻坐下。然後他朝我的方向伸出一掌，就像是希望跟我握握手一樣。

「狗狗，你是誰？」我問，「你從哪裡來的？」

「小心，」我走向他的時候，阿己警告，「接近不認識的狗時，要慢慢來。」

那條狗開始搖尾巴，舌頭從嘴巴裡伸出來。他看起來確實滿友善的。

「伸出手背，」阿己呼喚，「先讓他聞聞味道。」

我照著她說的做，狗小心的嗅了嗅我，然後舔

舔我的手指，翻身仰躺，好讓我搓搓他的肚皮。

「哇，你真好，」我邊說邊搔搔他，「真是個好小子！」

我聽到乾嘔聲從樹間傳來。

「你覺得他是流浪狗嗎？」我問阿己。

「不是，他太有規矩了。而且瞧瞧那一身漂亮的毛皮！肯定是黃金獵犬。」

我把手伸進小狗脖子底下的濃密皮毛裡，找到了繫著金屬名牌的頸圈。「他有身分證耶，」我說，「可是上面的文字怪怪的——看起來根本不像

字母。」

　　阿己走過來，瞇眼盯著那些符號。「好奇怪，」她說，「會不會是別的語言呢？」她將雙手撐在臀部上，對著小狗說話。「如果我們讀不懂電話號碼，就沒辦法聯絡你的主人。我們該拿你怎麼辦呢？」

　　「我們不用帶他到收容所吧？」我問，「你說他們那邊會把小狗安樂死。」

　　從樹上傳來的聲音，現在變成呼嚕聲了。

第 20 章

　　真是令我失望透頂。那些妖怪沒帶巴克斯到
「把小狗安樂死」的地方去。男孩人類竟然在巴克
斯的項圈上繫了條繩子，把他帶進住所裡。

　　這些人類到底是怎麼回事？竟然讓**另一條**狗
進入我的碉堡？又多了個讓我必須盡快返回砂盆星
的理由了。

　　走進碉堡裡吃晚餐（我不得不說，真是美味
極了）的時候，我依然憤恨不平。年老妖怪準備了
白色炸方塊，這種美味的好料叫做 paneer（奶豆
腐）。我將碗盤一掃而空之後，難得將**掃旋尾巴**
的榮耀賜予她。

　　接著，我到地下掩體聯絡澎澎毛。不過，我還
來不及做這件事，男孩妖怪便走下階梯，巴克斯緊
跟在後。那條可惡的狗佯裝成無辜的地球寵物，吐
舌頭咻咻的喘氣，就像個流口水的笨蛋。這樣形容
其實離事實也不算遠。

　　「這條狗是怎麼回事？」男孩人類問，「你在
哪裡找到的？」

我跟他說，是狗來找**我**，可是他半信半疑。真諷刺，我難得這麼一次是無辜的。我並沒有將這條愚蠢的狗召喚到我的院子來。

　　「那你怎麼解釋他的名牌？」男孩人類問，「這看起來像是外星文字，就像**你**寫的東西。」

　　想到狗星球那種無知的鬼畫符，被誤認爲砂盆星精巧複雜的文字，就讓我反胃。不過，我默不作聲，因爲我不希望男孩妖怪知道，巴克斯是準備逮捕我的太空巡警。

　　巴克斯顯然也覺得隱藏身分有其必要。也或許他只是很享受裝成蠢地球狗的樣子。

　　「噢，看看他舔我的樣子，克勞德！是不是很可愛？」

　　並沒有。

　　年輕人類轉身要上樓。「我不知道你在打什麼鬼主意，克勞德，」他說，「可是請善待這小狗！」

　　「**善待**——再提醒我一次，那是什麼意思？」

　　人與狗離開以後，我撥電話給澎澎毛，他熱切的接起電話。「嘿，偉大的君王！這裡的貓族對您打敗那隻巡警狗，萬分佩服。吟遊詩人正高聲號叫讚美您，而三花女王被迫批准您回歸。聽說他們甚

至要替您舉辦一場遊行。我愛死遊行了！」

「要載我回家的太空船呢？」我問。

「那是所有消息裡最棒的一個！」澎澎毛說，

「我就在這艘船上。掃興的是，這是我們飛行速度較慢的型號，所以要明天才能抵達。大概是人類妖怪時間的中午左右。」

　　這就是了！真的要實現了。我的救援即將到來！我就要回家了——**凱旋榮歸**！噢，呼嚕中的呼嚕！

唯一可能毀掉我計畫的，只有巴克斯了。我必須確保自己行動自如，不受他的干涉，久到讓我足以逃離這片可怕的荒原。

　　　我在廚房找到那頭野獸。男孩妖怪替他在那裡鋪了張床——用幾條毛毯、一顆枕頭、瓦佛其中一隻「特別」的絨毛熊，巴克斯正在裡頭熟睡，鼾聲連連，就像那個禿頭妖怪。我伸出手，戳了戳他身體。他一點反應也沒有。我東張西望，確定現場沒有別人。

　　接著我咬了他的腿。

　　「這是替我的尾巴報仇，臭狗。」我說。我穩住自己的心神，準備迎向對方的反擊。

　　　可是巴克斯只是打了哈欠。「欸，」他說，「我知道我得逮捕你，讓你面對司法等等的，可是能不能等到明天早上再說？我爲了追你，拚命要上那棵樹，整個累癱了。如果我一天沒睡飽二十個鐘頭，我就等於廢了。」

　　他又打了個哈欠，伸展了前腿。

　　「況且，」他補充，「屋子裡有人類在的時候，我沒辦法逮捕你。我不能讓他們知道我的眞實身分。那是狗群領袖的命令，沒『唬』你。懂了嗎？

『口虎』，跟貓同科，好玩吧？」

他在說什麼啊？

古老貓族的另一項觀察，證明確實無誤：狗的幽默感是全宇宙最糟糕的。可是，巴克斯的這個新資訊讓我龍心大悅。等妖怪吃完午餐，我早已搭著救援船艙遠走高飛了！

我轉身離開時，巴克斯跟我道晚安。「祝你所有的計畫都順順利利。」他補了一句，然後翻身肚子朝天繼續睡。

我**所有的計畫？**這條狗難道起疑了？他**察覺**什麼了嗎？

不可能。他雖然身強體壯，但腦袋顯然不大靈光，沒什麼好怕的。

第 21 章

　　隔天早上下樓的時候，那條新來的狗正在廚房搖著尾巴等我，幾乎是在哀求我陪他一起玩。從來沒人看到我這麼高興，連我爸媽都沒有。克勞德就更不用說了。

　　「**噢，誰是乖小子啊！**」我說，揉揉他的耳朵，「要不要到外頭去？」

　　我抓起阿己替瓦佛帶來的其中一顆網球，跟那條狗走進院子裡。

　　「你知道怎麼『我丟你撿』嗎？」我問他，「知道嗎？小子？」

　　他似乎認真思考著這個問題。

　　我拋出那顆球並說：「去撿！」

　　他猶豫不決，來來回回輪流看著我和那顆球。片刻，他的目光緊緊扣住我的視線，腦袋歪向一邊，然後連忙轉身去追那顆球。他撿起球，快步走回我身旁，丟在我的腳邊。

　　「再來一次！」

　　搖尾巴、搖尾巴、搖尾巴。

跟動物講話卻得不到回應，感覺有點怪。但怪雖怪，卻不見得不好。我可不想念被罵傻瓜。

　　我拋球拋到手痠為止，再換手繼續丟。這條狗怎麼玩都玩不膩！

　　我們玩「我丟你撿」玩了至少一個鐘頭以後，狗終於用力趴在我腳邊，氣喘吁吁。我坐在他身邊，輕拍他美妙的金色皮毛。「真希望你可以待在我們身邊一陣子。」我說，再次看看他項圈上的名牌。上面寫的到底是什麼？「在找到你真正的主人以前，我先叫你洛斯克，好嗎？」

　　狗的尾巴啪答落在地上。我想他同意了。

　　「拉吉！」阿己從廚房呼喚，「早餐時間到嘍。」

　　我走進屋裡，阿己遞給我一盤都沙煎餅。

　　「你知道吧，你的貓很奇特，」她說，「今天早上我看到他盯著報紙，就像他假裝在讀報紙一樣。」

　　「對啊，他很愛演，」我說，「好好笑。」

　　「他喜歡奶豆腐，所以顯然很聰明。不過，他永遠沒辦法像狗那樣表演俏皮的把戲，」她說，回

頭望去，「我說得沒錯吧？小瓦佛？」

　　瓦佛汪汪吠，然後放了個屁。

第 22 章

我從樹木高處等待逃命船艙來到。

沒有任何事情可以破壞我的心情，連看到男孩妖怪和巴克斯在院子裡嬉戲玩鬧，令人作嘔的展現了喜悅以及對彼此的情意，都壞不了我的心情。

恢復至高領導的身分以後，我要先做什麼才好呢？要不要大舉加重課稅，替自己打造一座新宮殿？要不要砍掉毛髮照護的預算？先把利牙從監獄放出來，再將他丟進牢裡？把三花送回地球？

不，那樣太殘酷了。我會剃掉她的皮毛，逼她穿衣服就好了。

男孩人類走出院子，巴克斯來到我這棵樹這邊。

真是令人厭惡。

「嘿，你怎麼又跑到樹上去了，克勞德？我希望你不是在怕我，」他說，「我跟你說過，人類在的時候，我不會逮捕你。」

我壓平耳朵。「你曾經攻我於不備，狗，頂多只抓到我的尾巴。你儘管在這裡停留一萬個日出，

也不會逮到更多的我！」

「等著瞧吧。」

「你永遠不會有機會的。」我嘀咕。

就在那時，我的耳機爆出聲響。「**大王！**」澎澎毛說，聲音現在清晰有如站在我身旁。「**我們剛剛穿過**仙女座星系！**我們就快到了！**」

我幾乎無法抑制自己的興奮。再一點時間我就解脫了！

「那是什麼聲音？」巴克斯豎起耳朵說。「你耳朵裡的那個又是什麼？」

「噢，沒事，」我說，「你何不跟那個妖怪再多玩一點遊戲，追那個會飛的圓形東西？」

巴克斯搖搖尾巴。「你運氣真好，找上了這個人類。他是多麼了不起的動物啊。」

「**我的**人類？」我說，「就是他們稱為**拉吉**的那個——我們講的是同一件事嗎？」

確實，他沒有其他人類妖怪那麼惹人厭，而且有好幾次都證明了自己的用處。可是**了不起**？我幾乎看不出那個字眼怎麼適用在他身上。

「就他很愛玩這點啊！他把球丟得又直又遠。告訴你，我出生的那一窩有十四隻狗崽，從那以

來，我從沒玩得這麼盡興過！」巴克斯嘆氣。「噢，人類真是美妙。等我逮捕你，回到家以後，一定會想念他們。」

突然間，我耳裡響起，**「我們到了，大王！我們正準備進入銀河系。噢真是美好的一天！我們很快就會到達您身邊！」**

「唔，巴克斯，」我說，「你和那個人類可以擁有對方。如果你打算在逮捕我以前都留在地球，你就等著永遠留下來吧。因為我，偉大的威斯苛，三物種之──」

「大王！」

「安靜，笨蛋！」我對著麥克風喊道，「我正在發表我邪惡的天才演說。」

「可是我們，呃，唔──我們出了狀況，」澎澎毛說，**「我們卡住了。」**

「卡住？你說**卡住**是什麼意思？」

「銀河系周圍有某種力場擋住我們，我們進不去。我從沒碰過這種狀況！」

「唔，硬衝過去啊，笨蛋！」

「我會試看看，大王，可是這是很先進的科技，我們不知道是誰下的手。」

誰？會是誰呢！會是我的哪個死敵？三花女王？利牙將軍？魔頭塔克溫？

「所以，上頭那邊是怎麼回事啊？『噢大王』？」

我往下俯視巴克斯，他正咧嘴對我露出醜惡的狗笑。

不——我真不敢相信。

「原來是你！」我嚷嚷，「你這流著口水、臭烘烘的皮毛堆！你是怎麼辦到的？你怎麼會知道？」

「幾個星期以來，我們這些你口中的『蠢蛋』狗一直在攔截你跟砂盆星之間的通訊，」他邊說邊搖尾巴，「不然你想，我們怎麼會知道你在地球？」

即使我擁有龐大無比的語彙庫，一時之間卻憤慨到無言以對！我發出嘶聲，吐了一口口水。

「總之，真抱歉打亂了你的旅行計畫，克勞德，」那個可悲的蠢蛋狗說，「我知道你有多想回家，可是你得到犬星星群去。」

語畢，那條狗轉身離開。暴怒點燃了我的戰士靈魂，我只能勉強擠出一個字眼：巴克斯斯斯斯斯！！

第 23 章

星期天，雪松和史提夫過來看洛斯克。看到我們的時候，他猛搖尾巴，搖到史提夫都擔心那條尾巴會掉下來。我問洛斯克想不想玩「我丟你撿」，感覺他對我點點頭說好！

我的手臂從昨天痠到現在，我的第一球丟偏得很厲害。可是洛斯克還是窮追不捨，往空中高高一躍，扭著身子翻筋斗，落地時，嘴裡咬著那顆球。

「哇！」史提夫說，「這是你訓練出來的嗎？」

「沒有，他本來就會了！因為他**超棒的**。」我搔搔他的耳後說著。

洛斯克會的把戲，讓雪松和史提夫驚嘆不已。他會握手、靠後腿走路、說話、跟人擊掌。雪松試著教他怎麼跳舞，這時阿己從門口探出頭來。

「拉吉，」她說，「該進來了。我們必須做**撿到小狗**的海報。」

我的心一沉。雖然這樣想超級自私，可是我永遠也不想找到洛斯克的主人。

我想雪松看得出我的想法，因為她拍拍洛斯克說再見的時候說：「如果你可以養他，那就好了。」

為什麼**不可以？**很多人養貓也養狗。史提夫就有兩條狗和一隻倉鼠，雪松的表親還有一整個農場，滿是山羊和綿羊呢！

我問阿己這件事，她看著我的樣子，彷彿我瘋了一樣。「首先，」她說，「洛斯克的主人在**某個地方**。再來，你媽媽不會准的。等十個『拉可』（1akh）年也不會准的！」

一個「拉可」是十萬，十個拉可等於一百萬，阿己的意思基本上就是永遠不可能。我雖然很不想承認，但她說的沒錯。

我替洛斯克拍了張照片，好放在海報上。他舔了我的手，好像想要安慰我。

「我發誓，他真的知道我的感覺。」我跟阿己說。

「狗的直覺很強，」她說，「對吧，瓦佛？不行，小子，把你阿己的鞋子放回去。」

我到樓上去製作海報時，克勞德正躺在我的床上。我開始打字描述洛斯克，他走過來看。

「你是認真的嗎？」克勞德越過我肩膀讀著，

撿到小狗

友善聰明、訓練有素的黃金
獵犬。溫柔但強壯，會回應
所有的指令。

「你應該試試這個：**擅闖民宅被逮：個性浮誇無趣、令人難以忍受的米克斯。詭計多端、洋洋自得，叫他蠢蛋會回應。**」

「克勞德，」我說，「要不是我跟你還算熟，不然我會說你在嫉妒他。」

他對我哈氣。

「你不知道他是如何折磨著我！那條愚蠢的狗，事事從中作梗！他竊取我的地位、打亂我精心策──」

「你到底在氣什麼呢？」我打斷他，「你又不喜歡玩我丟你撿。」

　　他再次哈氣，然後離開。

　　貓啊，我永遠無法理解他們。

第 24 章

晚餐過後，男孩妖怪用牽繩鍊住巴克斯，強迫他出門。我趁這個機會，透過星際通訊器的加密頻道聯絡澎澎毛。

我問我的嘍囉，是否成功突破了那片力場，他告訴我，他已經棄守，回到了砂盆星。

「你這個懦弱的混蛋！」我喊道，「你一定要立刻回來，再試一次！」

「噢至高的大王，船上差點發生了叛變，」澎澎毛說，「在我解開力場的密碼以前，我不可能要求那些死忠支持者再跟我回來。」他嘀咕著補充，「加上他們的忠誠度甚至沒那麼高了……」

「你說什麼？大聲點，笨蛋！」

「噢！呃，唔，您困在地球上，民調數字直直下跌。三花女王對外宣稱，您不敢回來，利牙——他現在出獄了，擔任女王的發言貓。他真的好有魅力，就他自己的——」

「安靜！我命令你處理好這件事！快點破解密碼！重新派出太空船——」

「噢，嘿，什麼？大王？**喀啾－喀啾！**有好多雜音！訊息斷斷續續，天下無敵的大王！**喀啾－喀啾！**」

「少裝了！我從來沒上過你這個當！」

澎澎毛嘆氣。「欸，我確定我可以弄懂那個力場。說到底，您說狗族沒那麼聰明，要駭進他們的系統又會有多難？同時，請您按兵不動，耐心等待。」

他竟然要我**按兵不動？**哈！對一個大統領來說，懶散可不是一種選項。

我需要做的，是親自出馬。

第 25 章

清晨帶洛斯克散步之後，走進廚房，阿己遞給我一碗 pongal（扁豆燉飯）和筆記本。「喏，」她說，「這是早餐，還有那場盛宴的菜單！」

洛斯克惹出那番騷動之後，我原本希望她已經忘了那場生日派對。

「噢不，我沒忘記！」阿己說，彷彿讀透我的心思，「大部分的菜色我都決定好了，可是我要你把清單看過一遍，畢竟這是你的派對！」

其實，不是我的。是她的。可是我想我沒辦法讓她明白這一點。

幸好我的手機響了。是媽。

「夏威夷如何？」我問，「學會怎麼衝浪了嗎？」

她正在跟我說，她「被鎖在她的頭一個浪管裡」——不管那是什麼意思——這時瓦佛開始吠著討早餐。然後洛斯克加了進來，吠得甚至更大聲。

「拉吉，」媽媽厲聲說，「現在有**兩條**狗在我的房子裡嗎？」

「唔……」我說。

「老媽在幹麼啊？」她幾乎對著電話大吼，「開養狗場嗎？」

阿己脹紅了臉。

「噢，媽，完全不是！」我趕緊說，「洛斯克幾天前突然跑進我們家院子，我們很努力在找他的主人。他是一條很棒的狗，媽。你會很愛他的。」

「有意思，」她停頓很久，我聽到她啜飲一口什麼後說：「唔，很高興你正在努力送他回家。一定要盡快解決才行。」

「別擔心，媽。我們會好好處理的。」

「其他一切都好嗎？喜歡你的新攝影機嗎？」

我不能承認，打從克勞德要了我，我就沒再用過，而目前我根本不知道攝影機的下落。「超棒的，媽，這是我收過最棒的生日禮物。」

我掛掉電話以後，阿己說，「你應付你媽應付得很好，」然後拍拍我的肩膀，「現在來幫我看看菜單。」

我嘆著氣，往下掃視那一串菜肴。如果我們供應這些東西給學校的孩子，他們會永遠把我當笑柄。清單上的菜色，我有一半都念不出來。

Allugedda？那是什麼東西？

還有，幾乎所有東西都是青菜。這說得過去，畢竟我們吃素，可是我敢說布洛迪一定有很多年都沒碰過綠色蔬菜。

「我們可不可以，嗯，吃一點玉米片？」我問，「也許配點莎莎醬？」

阿己嘖舌，遞給我一疊信封。「喏，」她說，「十二份邀請函。你今天可以拿去學校發。」

我覺得反胃。棒的是，我成功說服她不要邀請全班，可是手寫的邀請函？她以爲這是哪個年代啊？

「一定要跟他們說：**餓著肚子來。**」

第 26 章

　　妖怪總算全都離開碉堡了，我可以啓動我的新計畫：讓巴克斯慘到放棄任務，挫敗的潛逃回家。而爲了回家，他就必須撤除那個可恨的力場。

　　考慮到巴克斯的體型大小，正面攻擊他是不智的。雖然那條狗擁有蠻力，但我在祕密行動和奸詐狡猾上則遠遠占了上風。

　　那也是爲什麼，昨天深夜——當貓咪在自己的地盤上遊蕩，狗在自己床上打著鼾，睡得不省人事——我偵察了碉堡的狀況，挑選了我伏擊的地點。

　　對地球狗來說，最甘美的液體莫過於在浴室白瓷噴泉找到的水。我自己尙未親身嘗過，原因很明顯。我往裡頭排便。（更糟的是，妖怪們也是。）

　　可是不知怎的，那個愚蠢的瓦佛讓巴克斯知道它有多可口。於是我蜷起身子，躲在馬桶後方。我等了好幾段小睡時間。我的爪子發癢，等不及要劃傷那條狗巨大醜惡的口鼻。

　　最後我終於聽到了——腳趾甲沿著地板喀答喀答響。片刻之後，兩頭野獸走進了浴室。

「請，瓦佛，」巴克斯說，「你先請。」

我聽到瓦佛**唏哩—唏哩—唏哩**暢飲馬桶水，巴克斯熱切的喘著氣，等著輪到自己。

他別想喝到。

我從藏身之處彈出來，將爪子完全伸出來！我的左掌劃擊巴克斯的鼻子，右掌劃向他的右耳。巴克斯震驚的往後退了好幾步。

「搞什麼鬼？」他說。

我利用瓦佛的背部作爲發射台，將自己拋向走廊，全速碰上地面後，狂奔而去。

兩條狗瘋狂吠叫，追了上來。

這些狗眞是笨拙，沿著地板狂亂的扒抓！我一躍跳上壁爐橫架，拋下一疊父親妖怪收在那裡的書。它們擊中了巴克斯的肩膀，他憤怒的短吠一聲。之後，我將一只花瓶掃向瓦佛。他奇蹟似的閃躲開來，玫瑰花撒落在地毯上。

我伏低身子，臀部扭動，準備起飛。

不久我就從他們目瞪口呆的狗臉上方飛越而過。我繼續奔往地下掩體，我在那裡準備了最後一擊。

我蹲踞在父親妖怪的活動躺椅頂端等著，他們

動作笨拙、砰砰咚咚跑下樓梯。他們看到我，開始聚攏過來，我往下伸手，按壓扶手上的按鈕。

活動躺椅的下半部往外彈開，將瓦佛掃入空中。他翻了個筋斗，肚子朝天，落在蕨類盆栽裡。太棒了！

巴克斯怒聲咆哮，正準備撲向我，接著他停住動作，坐了下來。

為什麼呢？

他想停戰嗎？

我的策略成功了！巴克斯就要放棄了。可是我跟他還沒完。我跳下去，用爪子給他鼻子一記。

「壞貓咪！」有個聲音說。

我抬起頭看到那個年老妖怪，從樓梯那裡怒瞪著我。

「今天晚上不給你奶豆腐吃了，貓咪！」

巴克斯畏首畏尾走向她，又是嗚咽又是哀鳴，看起來很受傷，又可悲，要是我有同情別人的能力，我搞不好也會同情他。

「可憐的狗狗，」妖怪說，「還好我回家了，不然誰知道這隻調皮小貓會對你做出什麼事！別擔心，今天晚上我會替你做點特別的東西當晚餐。」

老年妖怪離開以後，巴克斯站起來，開始搖尾巴。

「你這個騙子！」我低嘶，「愛假哭的騙徒！」

「其實你眞的弄傷我鼻子了，」巴克斯說，對我露出悲傷小狗的蠢樣，「也傷了我的感情。」

「哼！」

我絕對不會放過這種冒犯行爲。

第 27 章

　　放學以後，我開始在這個社區到處張貼**撿到小狗**的海報。我覺得很難受。

　　首先，我並不希望洛斯克離開。而且我很擔心。要是洛斯克的主人不是好人怎麼辦？他們顯然沒有好好看住他，才會讓他走丟。他們會像我一樣這麼常陪他玩嗎？他們會餵他吃奶豆腐嗎？（那正是克勞德和洛斯克的共同點：他們都愛奶豆腐。）

　　我正要把一張海報貼到電線桿上，這時我的鄰居琳荻出聲叫我。

　　「嘿，拉吉！你看查德綁牽繩散步！」

　　我看了。說**散步**根本言過其實，比較像是被慢慢拖過街頭。他毛茸茸的肉褶從胸背帶溢了出來。我可以明白克勞德為什麼叫他肥軟虎斑。

　　「你不覺得那個胸背帶有點緊嗎？」

　　琳荻不理會我的疑問。「沒有多少貓可以訓練用牽繩散步，可是查德可以唷！他是不是最聰明的貓啊？」

　　「**喵嗚？**」查德說。

「對，」我說，「最聰明了。」

「我爸媽說，如果我保證會帶狗出門散步，就要給我一條狗，所以我要表現給他們看，我可以做得多好，」琳荻說，「你現在有**兩條狗**，運氣好好喔。」

「唔，我們在找洛斯克真正的主人。」我對著剛剛貼好的海報點點頭說。

「可是瓦佛──他才是可愛的那個！尤其是他的名字！」

「你喜歡**瓦佛**？」我驚訝的問，「唔，可以給你養喔。阿己只是中途幫忙照顧，瓦佛在等人領養。」

「真的嗎？」琳荻說，瞪大眼睛，「太棒了！我晚餐的時候再跟她說！」

「什麼晚餐？」

「你的生日派對啊，傻瓜！」她說，「我們兩個都會去喔！」

「哪兩個？」

「我跟查德啊！你阿媽之前看到我牽他散步，就邀請我們了！一定會很棒！」

我得用力忍耐，才不會把臉埋在雙手裡。

第 28 章

巴克斯！

他咬了我的尾巴、侵犯我的碉堡、攔截我的通訊、阻擋我的出逃，甚至害我的那份奶豆腐被剝奪。

我顯然低估了這個敵人。我萬萬不該質疑古貓的智慧——狗族確實是唯一配得上貓族的對手。

可是這場戰役距離結束還遠得很。

我蹲踞在高高的網眼籃子深處，人類把弄髒的身體覆蓋物儲放在這裡。雖然臭氣燻天，但也是最舒服的躲藏地點。

放置這個「大籃」的房間，就是我津津有味看著瓦佛和肥軟在烘乾機裡打轉的地方。放心，他們永遠不會回到這裡。

不過，等妖怪們都出門以後，巴克斯一天會過來這裡一次，總是把自己鎖在這裡頭。現在我要查出他在打什麼餿主意。

我第七次小睡到一半的時候，聽到巴克斯走了過來。我從臭兮兮的人類毛衣往外窺看，看到他關

起房門，用鼻子按下門把的鎖鈕，然後用後掌迅速滑了他的頸圈。

他在做什麼？

掛在他下巴下方的閃亮金屬圓形勳章開始發出紅光。我早該料到！這條狗的項圈跟人類使用的原始勒頸裝置不一樣。

我的毛髮直豎，一條太空狗的立體投影閃了閃之後出現了。這條狗身形嬌小，毛皮顏色棕中帶白，還有極長的耳朵往下垂。就像人類，他穿著模樣醜陋但做工精巧的身體覆蓋物。

「你好，瑪菲同志！」巴克斯說，「巴克斯同志回報消息。」

「是，我看得出來，」投影狗簡短的說，「所以，告訴我，你**已經**拘補到那隻罪犯貓了嗎？」

「唔，**還沒，**」巴克斯說，「可是我的情報蒐集工作進行得相當順利！」巴克斯開始輕搖尾巴。

投影狗蹙起眉頭。「容我提醒你，那**不是**你的任務。」

巴克斯的尾巴停住不動。「可是我是**幾千年來，**接觸到我們失聯已久的表親的第一條狗！」

「你指的是，稱爲瓦佛的地球狗嗎？」投影狗問，「這份關係提供了有用的訊息嗎？」

「唔，我還是無法理解他說的任何東西。不過我很喜歡他！噢，他帶我去看了一座絕妙的噴泉。」巴克斯又搖起尾巴來。

「人類對你的眞實身分依然不知情吧？」

「是，當然的。我有沒有提過，他們有多棒？」巴克斯說，「他們的一切我都愛。」

那個傻瓜繼續稱讚人類妖怪所做的每件事，我得拚命忍住，免得嘔出好幾顆毛球。

「地球聽起來確實就像天堂，就像先祖告訴我們的，」投影狗說，「我理解你想逗留的想法。可是你何時才會將那隻貓繩之以法？」

「很快！我保證，瑪菲同志。我眞希望可以不用離開克勞德的這個人類。我眞心喜愛那個小鬼。」

投影閃了閃。「那隻貓有個**人類**？」

「是，一個叫拉吉的優秀男孩。」

「這樣事情就複雜了。」投影狗說。

「什麼意思？」巴克斯問。

「主人條款**不只**適用於狗，」瑪菲說，「這

102

條古老的法則聲明，如果任何四腿生物接受了人類的款待好一段時日——或是投入不少跨物種的遊戲時間——這個人類就會成為他或她的**主人**。所以這個拉吉眞的是威斯苛的主人嗎？」

「呃，我想是吧。」巴克斯說。

眞荒唐！拉吉，我的主人？**我**才是主人。任何白痴都看得出來。

投影狗眉頭一皺。「如果那隻貓眞的屬於這個拉吉，那麼你需要經過男孩的同意，才能將他帶到犬星星群。」

這眞是天大的好消息！

這個男孩妖怪永遠不會背叛我，然後我開始發出呼嚕聲，因為我領悟到這條法則另一個更美妙的後果——巴克斯顯然剛剛也想到了。他開始緊張的喘起氣來。

「怎麼啦，巴克斯同志？」瑪菲問。

「唔，呃，我要懺悔。」巴克斯頓住。「我⋯⋯」他再次頓住。「我也從那個人類那裡接受款待。而且⋯⋯我還跟他玩**我丟你撿**。」

「巴克斯！我不是警告過你了嗎？」瑪菲怒吼，「這就表示你也受制於主人條款！現在，不管

那個人類說什麼，你都一定要聽話照做了！」

巴克斯原本傲然揚起的尾巴垂在雙腿之間。「別擔心，我依然可以完成任務。那隻貓並沒有他自以為的那麼聰明。」

荒謬至極的謊言，要不是因為我必須隱藏形跡，不然我肯定用爪子抓花那頭野獸。

「我衷心希望你想得沒錯，」她說，「犬星星群的居民都指望你了。」

投影逐漸模糊起來，瑪菲同志消失不見。

巴克斯嘆口氣，關掉頸圈，離開了房間。

我繼續留在原地，細細思考著情勢。這個主人條款肯定能派上用場。不過，我待辦的要務依然不變：我必須撤除力場。而控制力場的機制一定就在**那條項圈**裡。

第 29 章

「你今天把邀請函都發出去了嗎？」阿己問，她拿 zucchini pakora（酥炸櫛瓜）去蘸羅望子醬。

「算吧。」我嘟囔。

老實說，起初我只是把邀請函丟進儲物櫃。我不想讓任何人知道這場派對。可是接著我想到，如果沒人出席，阿己會有多失望，她會打電話告訴我爸媽，說我一個朋友也沒有。那就會成為媽替我報名參加課後活動的理由，像是社交舞課或是其他恐怖的項目。

「你說『算吧』，是什麼意思？」阿己問。

「我的意思是『有』，」我說，「我都發出去了。」

我沒提我沒邀蠍子，也沒提全世界可能只有阿己認為他是個「好年輕人」。

「太棒了！我們會玩得很愉快的。」

「呃，對啦，」我挑著炸物剩下的碎片說。這是為了派對試做的食譜，很美味，「你接到找洛斯

克的電話了嗎？」

阿己搖搖頭。

「我也沒有，」我說，「搞不好我們可以留住他？媽本來也不想養克勞德。或許她也會改變對於洛斯克的想法。也許她會愛上他。我是說，他那麼會玩把戲！」

「他會打理衣物嗎？會除草嗎？」阿己問，挑起一眉，「會引起你媽興趣的是那些把戲。」

「她連我都沒辦法要求去做那些把戲。」

「說得也是，」阿己說，面帶笑容，「洛斯克確實是隻很棒的狗。不過，你那隻貓呢，又是另一回事了⋯⋯」

「什麼？你不喜歡他嗎？」我說。

「**所有的**動物我都喜歡！」她說，「只是那位克勞德先生很奇怪。我從來沒看過他坐在你的懷裡，而且他不喜歡被摸。還有他的呼嚕聲聽起來很惡毒。當然了，像他那樣的小毛球，不會知道**惡毒**的意思。」

「不會，」我把最後一點炸物屑屑丟進嘴裡說，「絕對不會。」

第 30 章

夜間。

戰士最喜愛的時刻，惡毒的敵人正在睡夢中，脆弱的躺臥著！我悄悄走下樓到廚房去，那些可悲的狗就躺在他們的狗床裡咕噥嗚咽。

我以優雅的身姿，無聲跳到流理台上。我不理會瓦佛那條臭烘烘的皮繩，從鉤子上一把抓起巴克斯的項圈。金屬名牌喀啦響，可是並未吵醒睡得跟昏迷似的巴克斯。

他算什麼太空巡警啊。

我把那條項圈帶進地下掩體，細細檢查，聯絡澎澎毛，要他提供技術上的協助。

「你好啊，馬屁精，」我說，「我要給你機會贖罪。」

「要我怎麼幫忙？噢大王？」澎澎毛說。

我朝著通訊器舉高項圈。「我需要進入這個狗族裝置。」

澎澎毛瞇眼看著。「噢，簡單，」他說，「只要把通訊器的接頭線插進那條項圈的連接埠，然後

當 M ＝ 49.873514 的時候，計算 $-\beta\pm\text{Å}\sqrt[3]{\cong}\infty\times M$。再來用演算法計算，然後——」

「夠了，我懂了！你以為我是什麼愚蠢地球貓嗎？」

「當然不是，至高領導！原諒我。」

接下來，要找到力場的遙控應用程式就簡單了。

「澎澎毛，把出逃船艙準備好！」我按下力場解鎖說。接著一個提示彈了出來，要我輸入密碼。

詛咒 87 個月亮！

我思考著這個問題片刻。這條太空狗心思怎麼運作？接著我輸入。

骨頭……無法登入。

你丟我撿……無法登入。

＃馬桶水……無法登入。

我 _ 愛 _ 人類……無法登入。

這時，不幸的事情發生了。

嘗試登入的次數已經超過最高限度。準備封鎖。

項圈的名牌發出光芒，下一刻，一面雷射網子團團包圍我。我被困住了！

詛咒你，巴克斯！

第 31 章

星期二早上我很晚起床。克勞德沒來咬我的腳趾頭，像平常那樣大喊「起床，傻瓜！」可是我也沒空納悶他的下落。我穿好衣服，跑下樓到廚房去。巴克斯和瓦佛還在睡覺，阿己正在喝茶。她遞給我一些 idli（蒸米糕）——某種海綿米蛋糕——然後我就往門口走。

「要是有人來討洛斯克，要打電話到學校找我喔，」我回頭喊道，「在我說再見以前，不可以讓他走喔。」

「當然了，親愛的，」阿己說，「祝你今天過得愉快！」

在班級教室，鐘聲一響起，我們的遠距老師艾美喬的影像閃了閃之後，出現在螢幕上。「唔，早安，孩子們！」她對我們咧嘴笑著說，「我希望你們都準備好要面對又一天的老派書本學習！聽說有個數學隨堂抽考——可是別跟萊斯老師說，我事先透露了消息。我也聽說二十七號同學要辦一場小小生日派對！」

她直直看著我，我盡量往下縮進座位裡。

　　「很抱歉我趕不上，總不可能為了跟你們吃頓晚飯，搭上一架大大的老飛機，老遠飛個幾百英里吧。」她往下瞥瞥一張紙，然後再次抬頭看著我。「你可以體諒吧，瑞吉？」

「我叫**拉吉**，」我說，「我可以。」

我無法理解的是，艾美喬老師怎麼會聽說我要舉行生日派對的消息。可是話說回來，就一個從未踏進我們校園的人來說，她消息似乎還滿靈通的。

我納悶，**蠍**子和蠑螈是否也聽到派對的消息了，因為那是我最不樂見的情況了。我沿著走廊趕往英文課的時候，才意識到沒必要擔心。因為即使他們眞的聽說了，也絕對不可能出席。

第 32 章

在我聽到自己一直在害怕的聲音以前，人類早已離開家門：巴克斯笨拙的狗族腳趾甲，踩出的**喀答、喀答、喀答**。

「哎唷，這裡是怎麼回事？」那條笨狗問，檢視著我的監牢，「喲，克勞德，我得謝謝你替我完成了工作。這也太輕鬆了。」

「暴行！」我啐道。

「不，是**陷阱！**」巴克斯說。

我聽得出他語氣裡的得意。噢，要是能讓他嘗嘗我的爪子就好了！

「威斯苛，我在此為你對狗族所犯下的罪行逮捕你。你很清楚自己的權利，因為我事先向你宣讀過了。唔，反正是重要的那些。我現在要將你送往犬族高等法庭，在那裡你將會──」

「**坐下！**」我吼道。

他的臀部落向地板。

「可惡！」巴克斯說，「別這樣。我剛講到哪裡了？噢，對。準備前往犬星星群吧。我說過，現

在這段時間的天氣恰好很宜人。」

「啊，巴克斯，」我鬍鬚抽搐的說，「你是不是忘了什麼？」

「不。我討過早餐，吠過松鼠，在院子周圍撒過尿。不，我想我該做的都做了。」

「可是⋯⋯**主人條款呢？**」

巴克斯的尾巴往下一垂，耳朵往後平貼。

「你怎麼會知道？」他說。

「就間諜情報活動來說，貓族永遠勝你們一籌！」

「**可惡！**」他低吼。

巴克斯一副準備發動攻擊的模樣，不管有沒有雷射網子。可是片刻之後，他平靜下來。

「克勞德，你讓我別無選擇，」他將口鼻用力探向空中說，「我一定要向拉吉揭露我的真實身分，這麼一來，他就會允許我將你帶到狗宮去。」

我震驚的膨起尾毛。「可是上級命令你不准洩露身分！」

「除非別無選擇，」他說，「而你沒留任何餘地給我。」

「如果你向男孩妖怪表明身分，那麼我會告訴他，他必須把你**遣送**回家！」我宣布，「他現在是你的主人了，所以你一定要聽他的命令，不管是什麼！」

「無所謂。我對人類充滿信心，尤其是拉吉。」巴克斯按下頸圈上的一個鈕。「你可以走了——暫時。一旦我訴諸拉吉的正義感，我知道拉吉會跟我站在同一邊。」

我好整以暇梳理鬍鬚，掩飾漸漸竄升的驚慌。

訴諸拉吉的正義感？

我要怎麼對抗我根本無法理解的東西？

第 33 章

　　放學後，下起大雨，阿己來接我。我很高興她來載我，直到她告訴我，我們不是要回家，而是要去維吉的店，就是路程花四十五分鐘，位於聖海倫娜的印度雜貨店。

　　每條走道她都逛兩次，交了五個新朋友，買了足以塞滿整輛車後座的雜貨。等我們回到家裡，天都快黑了。

　　我一手捧著兩個購物袋，走進屋裡。我還沒穿過門口，洛斯克就差點撞倒我。他啣著牽繩，瘋狂的搖著尾巴。

　　「看來你需要散個步，是吧，小子？」

　　「去吧，帶他去，」阿己說，「只要把袋子放在流理台上，我來整理就好。」

　　可是我才又跨出一步，就被絆倒在地上。

　　「噢瞧瞧，」阿己說，「小貓在你腳下。他也想念你。看來你對**動物很有辦法**呢，莫麻嘎。」

　　這也太奇怪了。克勞德從來不會跑來我腳下。到底怎麼回事？

我正在撿從購物袋掉出來的蔬菜，克勞德走過來，對著我耳朵說悄悄話。「不要跟巴克斯出門！我必須先跟你談談──這是星際等級的重要事情！」

　　「什麼？」我說。

　　「我說你對**動物很有辦法！**」阿己重複。

　　「嗯，當然了！」我說。然後我轉向克勞德。「啊，所以，克勞德，」我大聲說，「我要帶洛斯克去散步。他需要尿個尿。」

　　我可以看到他眼裡的怒火。他把我的褲腿當樹一樣爬上來，用嘴型說：**我必須跟你談談！**

　　阿己搖著腦袋，走過來將他拉開。「調皮的貓咪，」她說，「讓他們去！洛斯克必須辦他的事情。」

　　克勞德哈氣。

　　「抱歉，克勞德，」我說，「我們很快就回來了！」

　　大雨變成了毛毛雨，所以晚上去散個步還不賴。我和洛斯克路過琳荻的家，踏上通往「免牽繩狗公園」的那條路。

　　走了幾步，洛斯克停下來嗅嗅樹木，彷彿要撒

尿。不過他接著拔腿跑開，把牽繩從我手中扯走。

「洛斯克！」我喊道，追了上去，「回來！」

我追著他跑了好幾個街區，可是他一直沒放慢速度，也不曾回頭張望。接著他突然轉向右邊，衝過一片樹籬，然後消失不見。

我在樹叢中掙扎著前進，不停呼喚他的名字，最後來到一片空地。一棟建到一半的房子聳立在眼前，令人毛骨悚然。時間晚了，變得視線更不清楚。「洛斯克！洛斯克，**回來！**」

他沒來。

「洛斯克，你在哪裡？」我正要以為他永遠走失的時候，聽到了一個聲音。

「我在這邊，拉吉。」

第 34 章

　　我從一個窗口跳到另一個窗口，往外窺看著
黑夜，可是不見男孩妖怪或太空狗的蹤影。我的確
看到了薑薑，就是住在我後面那座碉堡的橘貓，
她正在樹籬之間徘徊——儘管那個可怕的液體頻頻
掉落，淋溼了她的皮毛。（這些地球貓有什麼**毛
病？**）

　　我先前就在妖怪身上植入微晶片，可以知道他
和巴克斯走得並不遠。所以他們為什麼還不回來？
他們在做什麼？

　　我激動難安，從窗台上跳下來，開始在人類的
地毯上磨利爪子。我永遠不該讓巴克斯先跟男孩妖
怪獨處的！

　　那條狗堅持要我為了自己的罪行面對刑罰，真
是荒唐——彷彿一個大統領該要為任何事情扛起責
任似的！儘管如此，我還是擔心對「正義」的興趣，
會在那個人類的軟弱心靈裡生根。

　　但他永遠不會讓巴克斯把我帶走的。

　　會嗎？

可惡啊！

我慌亂到甚至無法從折磨瓦佛上得到樂趣。不過，我還是照做不誤。戰士永遠不該逃避自己的職責。

第 35 章

「誰在那邊？」我問，緊張的往夜色裡張望。

洛斯克從暗影裡慢慢走了出來。「是我，拉吉。」

我的下巴一掉。「洛斯克，你會**講話**？」

「我不叫洛斯克，」他說，「我是里崔佛的巴克斯同志，里崔佛是犬星星群的第五十六個星球。我是來自稱作『PUPPS』星際維和部隊的星際警犬。」

這有可能嗎？先是一隻外星貓，現在又來一隻**會說話的太空狗？**

「我想我必須坐下來。」

「欸，拉吉，一口氣有太多訊息，你一時應付不來，」他說，「你震驚的程度，可能接近路娜貝爾・力普曼當初邀你參加五年級的舞會吧。對了，**那件事**我要補個恭喜。」

「你知道路娜貝爾的事？」

「噢，你的一生我瞭若指掌，拉吉！」巴克斯邊說邊搖尾巴，「我知道你今天在學校吃品客薯片——別擔心，我不會跟阿己說。我知道數學課坐在你隔壁的那個女生莎拉，上星期在嚼薄荷口香糖。我知道你九歲的時候到迪士尼去玩。我知道你曾經當著全班的面，尿溼了褲子，那個時候你年紀有點大到不應該做這樣的事。」

「可是——你怎麼會知道這些事？」

「唔，你知道我會嗅你的，嗯……」巴克斯咳

123

了咳。

「所以你才一直把鼻子往那裡湊？」起初我覺得很噁心，接著我明白了：「那也**太酷了！**你可以聞出我身上發生過的每件事。你就像有超能力嘛！」

巴克斯謙虛的彎下腦袋。「有人告訴我，我的鼻子特別靈敏。」

「你爲什麼要來地球？」我問，「你的太空船緊急迫降嗎？你被困在這裡嗎？你正在想辦法回家嗎？」

這時，巴克斯再次嚴肅起來。

「我來這裡，是爲了出一項特別任務。我有些壞消息要跟你說，拉吉，」他說，「你的貓……噢，天啊，我該如何啓齒？你的貓……」

他把我弄得很緊張。「我的貓**怎樣？**」我說。

「你的貓是個邪惡的大統領。」

我大大嘆了口氣。「噢，當然，我早就知道了！」

「噢，是嗎？啊，」巴克斯說，腦袋偏向一邊，「唔，好吧，可是不只如此。問題是，克勞德在我的星系裡做了滿糟糕的事情，家鄉的狗不打算讓他

逍遙法外。所以他們派我來將他繩之以法。」

「等等——你想把我的貓帶走？去接受懲罰？」我說，「你來是為了**逮捕**他？」

「唔，是的。可是我需要你的批准。」

「我為什麼要為你**批准這件事？**」我問，「他是我的貓。我愛他！」

巴克斯挑起一眉。「你知道你的貓一直想離開地球，回到砂盆星嗎？」他問，「克勞德之所以還在這裡的唯一原因是，我用穿透不了的磁力力場，將你們整個銀河包圍。」

「好吧，首先——你有辦法那樣，**是很酷，**」我說，「再來，我不在乎！克勞德老是想要回家，征服他的星球，但他總是會回來！」

「他必須為了自己犯下的罪面對司法。」

「他到底做了什麼？」我質問。

那條狗現在挑起雙眉，嘆了口氣。「我原本希望省略細節，不跟你說——你一定希望在心中保留他最好的形象。可是如果你非知道不可，**你的貓……**」巴克斯頓住，彷彿不確定該怎麼說下去，「唔，他炸掉了一整個**星球！**」

克勞德？炸掉整個星球？我真不敢相信！

其實，我可以相信。

第 36 章

從他們穿過前側閘門進來那一刻，就看得出來，巴克斯已經向我的人類揭露了自己的眞實身分。男孩妖怪連正眼看我都沒有。我想用尾巴向他的腿施以盤旋之恩時，他卻把我抖開。

這可嚴重了。

一直等到人類準備開啓死亡般的睡眠時，我才有機會跟他獨處。一到他的臥房，我就躍上書架頂端，他則卸除一套身體覆蓋物，換上另一套。這個舉動是我從來無法理解的。

「我不知道那個可悲的笨狗跟你說了什麼，」我從高處說，「可是那是**謊言**！全都是謊言！」

「我**希望**那是謊言。」男孩脫掉襪子，捲成一顆球，「他跟我說，你炸掉一個星球！」

「噢，那個啊，」我說，「唔，那倒是眞的。」

「你在**呼嚕**嗎，克勞德？」男孩人類質問，「你怎麼可以這樣？你摧毀了一整個星球耶！」

「唔，上頭又**沒有居民**。」

「沒有嗎？」

127

「當然沒有，」我說，「你以為我是什麼怪物？」

「唔，你的確常常講到要活剝你敵人的皮。」

「那只是愉快的閒聊，」我說，「況且，你知道宇宙裡有多少個星球嗎？少一個又如何？」

「可是你也不應該炸掉它啊！」

「你難道還沒學會大統領的定義嗎？**一切**都是我的。」

男孩妖怪堅定的搖搖頭。

「唔，巴克斯還跟我說了別的事情，」他繼續說，「他說你一直想辦法要離開地球，而且你之所以還沒走，是因為他用力場包圍了銀河系。這還滿酷的，可是我還是希望這不是真的。」

「噢，不，拉吉，」我說，睜大眼睛，露出最棒的無辜表情，「**絕對沒有。我……嘔……很愛……嘔！嘔！……待在地球這裡。我絕對……咳……不想離開。**」

雖然我不是辨認人類情緒的專家，但我感覺到妖怪並不是百分之百相信我說的是真話。

第 37 章

「所以家裡的狀況如何？」媽問，她跟爸隔天都打電話回家。

我還是不知道該跟他們說什麼。我應該提說，那條住在我們家的流浪狗是星際警犬嗎？或者，我們的貓炸掉過一整個星球？或者，阿己要為我的班級辦一場晚餐派對，即將摧毀我在學校擁有的一丁點社會地位？

「嗯，還好。沒什麼事。」

媽跟我講了她的水上拖傘、水肺潛水、語言課程，她正準備講到她如何贏得夏威夷花環製作比賽的時候：

「嘿，拉吉！拉吉！你還有沒有乾乾？我快餓死了！」

我轉身就看到巴克斯對著我喘氣。

「拉吉，那是誰？」我媽問。

我腦袋快轉。「是史提夫。他過來吃點心。」

「他想吃**寵物的乾乾？**」

「唔，你也知道史提夫。他喜歡這樣叫——呃

129

——蜂蜜燕麥片！總之，我得走了，愛你們！」

我掛掉電話。

「乾乾？」巴克斯又問一遍，「拜託？馬上？」

我倒了一湯匙的乾糧到他碗裡。那個聲音吵醒瓦佛，瓦佛也跑來吃乾乾了。克勞德在冰箱頂端打盹，動也不動。

「你差點被我媽逮到，」我對巴克斯說。

「堆不己！（對不起）」他塞得滿嘴都是的說。

讓我無法釋懷的是，巴克斯明明跟一般的小狗那麼相似——只差會說話。對克勞德來說，要適應這裡的生活是種折磨，可是巴克斯卻可以立刻融入。對他來說真的有這麼簡單嗎？

「所以，在地球這裡，不會有點奇怪嗎？」我問。

「噢，一點都不會！」巴克斯說，「棒極了。（乾乾好好吃，可以再給我一些嗎？再多一點，謝謝。）我們狗族很習慣星際旅行。犬星星群裡有很多美妙無比的星球。有貴賓犬星，有㹴犬星，有哈士奇星——每一個都不一樣，各有千秋。」

「你都去過了嗎？」

巴克斯悲傷的搖搖頭。「我是去過不少個星球，不過，有個星球我一直想造訪。上頭沒有多少東西，可是在晴朗的夜裡，你可以看到它在遙遠的烏黑天空裡閃閃發亮。噢，美麗極了。直到某人把它炸掉。」

巴克斯抬頭望向克勞德，克勞德打哈欠、伸懶腰。「我家鄉的狗都這麼說，」他說，「**棍子和石頭可能會害我骨頭斷掉，但超斜 2 雷射可以炸掉一顆星球。**」

第 38 章

我外表一派平靜，並未洩露分毫訊息給我的敵手。不過，我內心可是怒氣翻騰，有如中子星一樣熊熊燃燒。沒有一件事按照計畫進行。不只是那條可惡的太空狗還在這裡，那片力場也完好無缺，而且男孩妖怪現在什麼都知道了。

我聯絡上澎澎毛，要討論接下來的行動，但他的反應不怎麼令人放心。

「唔，大王，還有不少貓急著要您回來。問題是，三花女王將他們大半都關進牢裡了。我不認為──」

突然間，通訊器螢幕滿是雜訊，澎澎毛消失了。一秒之後，我最憎惡的那張貓臉閃了閃，浮現在螢幕上。

是利牙將軍。

「欸，哈囉，克勞德，」他發出呼嚕聲，「我是否打斷了你的祕密小陰謀？」

可惡！

「也很高興見到你，老朋友。喲喲喲，你的頓

位增加了不少呢，」利牙得意洋洋的捋捋鬍鬚，「你的女王要我捎個訊息給你。」

「那隻忘恩負義的貓咪不是我的女王，」我吐了一口口水說，「而你，這個卑鄙的馬屁精，才不是我朋友！你這個最下等的雙面貓！」

「那是你最高明的侮辱嗎？」利牙問，「如果是，你的反應已經變得跟那些狗的爪子一樣鈍了，你還跟他們這麼相親相愛。」

「哼！我可以對那些傻狗發號施令，你卻膽小的服侍著一個小貓統治者，而她連鬍鬚都還沒換過！」

利牙露出醜惡的詭異笑容。「我撥這通電話是為了幫你，你真是不知感激。三花女王的訊息如下：如果你回到砂盆星，你就等著面對自己的厄運。」

「你的意思是**鴻運**吧！」

「不，我的意思絕對是厄運。」利牙說。他湊向通訊器，最後臉塞滿了整個螢幕。「好了，我先告退，我有批軍隊要指揮。你不是有隻貓草老鼠可以一起玩嗎？」他對我齜牙，「再會，克勞德。或者我應該說『喵嗚』？」

可惡！

第 39 章

太陽才升起，阿己就要我下樓到廚房刷洗流理台，這樣我們就能開始準備那場大盛宴。

「可是那是**明天**的事。」我睡眼惺忪，蹣跚的走進廚房。

「我知道啊！」阿己說，「我們都還沒開始準備 podi（辣椒豆粉）呢！」

就是混合香料粉末。首先，我們必須分別烘烤每種香料，種類還真多：光是咖哩粉就要做三種，還有阿己自己的 sambar（扁豆蔬菜湯）祕密配方，那一直是我的最愛。烘烤完香料以後，我們還必須碾磨。

我用阿己的研缽和搗杵壓碎孜然時，開始思考巴克斯說過的一切。還有他要求我做的事。

我**能夠**放棄克勞德嗎？他真的很邪惡嗎？罪大惡極的那種邪惡法嗎？

沒有克勞德，生活會變成什麼樣子？擁有一隻**好**寵物——像巴克斯，會對我表達情感的那種，感覺又是如何？

可是我在**想**什麼啊！我不能把克勞德交出
去！不管他炸掉了多少顆星球。沒有寵物狗（不管
會不會講話）比得上半個克勞德。他把我從瘋狂的
營隊輔導手中救出來，打造了太空瞬間移動機，訓

練了一整隊的戰鬥小貓！

除了一堆任何小狗都能做的把戲之外，巴克斯做了什麼呢？

還有，你知道的，封鎖了整條銀河。

我拿搗杵往研缽用力一壓。不想讓克勞德爲了自己的行爲受罰，這樣會把我變成糟糕的人嗎？我**知道**他是個邪惡的外星大帝，只是從來都不清楚那是什麼意思。

我望向阿媽。她正在磨看來像是深棕色肥皂的東西。

「那是什麼？」我問。

「噢，你不知道嗎？這是所有香料裡最重要的！」她說，「喏，聞聞看。」

我嗅了一下。「**哎唷唷唷！**」我說，「就像全世界最可怕的體臭！這到底是什麼？」

「我們叫它 hing（阿魏草根粉），英文是 asafetida，」阿己咧嘴笑，「或者是『惡魔的大便』。」

最後一種叫法絕對更準確。

「阿己，可以問你一個問題嗎？」

「可以，拉吉，辣椒豆粉永遠都要自己磨。」

「不是，是別的問題。」

「噢，當然可以。」

「如果你發現有個朋友做了很糟糕的事情，你會怎麼做？」

「你的意思是，像是說了謊嗎？」

「不，也不是，」我說，邊磨邊想，「比較像是他們在別人家造成破壞，比方說，毀掉了那個東西。」

「唔，人一定要尊重別人的物品，」她說，並放下惡魔的大便片刻，「不過，物品只不過是──物品而已！真正重要的，是不要傷害到其他生物，不管是人或動物。」

我想阿己自己知道，她並沒有真正回答我的問題。

「這個朋友是好人嗎？」她問。

「我不知道要怎麼回答。」

「我只能說，拉吉，要對朋友忠誠，就像對家人一樣。不管怎麼吵架或開玩笑，永遠都要彼此扶持。你愛某個人的時候，就會這麼做。」

她露出笑容。

「好了，莫麻嘎，研磨的時候多出點力，要不然得等到你明年生日，才辦得成這場派對。」

第 40 章

承認這件事很痛苦，但怎麼也閃躲不了：為了讓男孩妖怪回心轉意，站在我這邊，我必須**善待**他。

我很清楚自己目前屈居劣勢。跟巴克斯不同，我不肯追著球或樹木的死皮跑，再咬著帶回來。我的尾巴無法做出開心無腦的擺動，把人類逗得樂不可支。而且我永遠不可能壓低姿態去「送吻」。

所以，我向妖怪提議，我們在智性的層次上培養感情。我說，或許我們可以一起讀點他的「漫畫書」。

「當然好！」他說。這種很能代表人類的文學類型，他拿了幾本過來，在睡覺平台上攤開身子，準備細細閱讀。

我越過他的肩膀閱讀。「這是什麼愚蠢的廢話？」我質問，「這些粗糙的塗鴉又是誰畫的？一個星期大的小貓都畫得比這更好！」我快快往前翻了二十頁，幾秒鐘內就看懂了整個「情節」。「誰

在乎這個所謂外星人的試煉和磨難呢？說的好像太空中**還有**別的無毛妖怪一樣！他脖子上為什麼圍著那塊布？是巨型紅餐巾嗎？」

「那是超人的披風啦，」男孩妖怪說，「欸，一起看漫畫是你的點子耶。也許你應該保持開放的心胸？」

「開放的心胸就是軟弱的心胸，」我說，「心胸應該無法穿透，就像監牢！」

「克勞德……」

「對，好。是。這……呃，**真奇妙**，這些妖怪穿著……這樣有趣的戲服打鬥。」

接著，我們嘗試在地下掩體的一個粗糙小螢幕上，看事先拍攝好的娛樂節目。可是，如果我原本以為妖怪在電影裡會表現得更好，我想錯了。確實，我相當欣賞影片裡描寫的暴力與毀滅程度，以及那些超級妖怪擁有的先進能力。（如果**真正的**人類這麼有能耐就好了！）問題是，全部都說不通。

「這個鐵妖怪到底為何跟這個紫臉的英俊外星人過不去？」我問。

我的人類說什麼一個代表**美善**，另一個代表**邪惡**──彷彿邪惡是個負面的東西！

我們看了好幾部這種娛樂作品。在每個作品裡，超級反派儘管更聰明、更迷人，也絕對更有威力，最後卻總是落敗。這個「反派」總是讓所謂的「英雄／主角」陷入某種不可能逃得了的情境。可是不知怎的，這個無聊沉悶的英雄常常藉由展現「忠心」和「誠實」，最終突破陷阱，打敗全能的死敵。每位戰士都很清楚，這兩項特質在戰場上毫無用處。

　　在其他地方也沒有用處。

　　以 87 個月亮為名，我幾乎無法想像，能跟男孩妖怪對同樣的東西產生共鳴！可是也許如果我幫忙他什麼，他就能體驗到對我極大的深情。

　　所以，我拿出他的回家作業。「你不知道 9,801 的平方根？你大腦到底有幾個細胞？顯然少於 9,801 個！答案是 99 啦，你這個無毛的笨蛋！」

　　男孩妖怪對我皺眉，但他還是把答案寫下來了。

　　「太好了！既然我們已經『培養了感情』，你一定要叫那個可惡的笨狗**回家去**。」

　　「我很感謝你這麼努力要對我好，克勞德，」他說，「可是答案是不要。」

第 41 章

　　有兩隻會講話的寵物已經夠怪了，但他們為了我爭吵，就更奇怪了。

　　「嘿，拉吉，看！」克勞德邊說邊走進我房裡，「你的塑膠利牙清潔桿！我替你『撿』來了，這樣你就會對我產生『愛』的感覺了。」

　　他叼著我的牙刷，咬的還是刷毛的部分。

　　「好噁喔，克勞德，」我說，從他那裡拿走牙刷，「你為什麼一直叫我的名字。你以前都不會這樣。」

　　「我正在你美妙的星球上嘗試新事物，」他說，**「我絕對沒有離開這裡的打算。」**

　　我很高興克勞德最近想花更多的時間和我在一起。難道他擔心我會更喜歡巴克斯而不是他嗎？

　　也許不是。更可能的是，他怕我讓巴克斯將他帶到犬星星群去面對懲處。

　　可是，如果我不讓巴克斯把他帶走，克勞德也會自己離開嗎？他信誓旦旦說不會。可是他也講過「謊言是戰士武器裡最銳利的箭」和「什麼是真相，

我說了算」這樣的話。

我往樓下走。巴克斯正躺在樓梯底部，他聽到我的聲音，立刻彈起身子。「拉吉！拉吉！想出去玩嗎？拉吉？」

「呃……」老實說，我有點累。而且每天丟球丟幾個小時，我的手臂滿痠的。「要不要等一下？明天就要舉行派對了，阿己要我把家裡打掃乾淨。」

巴克斯坐下來。「好！沒問題！我可以等。」他望著窗外一下。然後轉過來看我，站起來搖尾巴，「你**現在**好了嗎？」

「才過五秒鐘耶，巴克斯。」我說。

「抱歉，拉吉！抱歉！我只是太興奮了。」他又坐下來，可是尾巴還是搖個不停。

我從未意識到養狗這麼花工夫，更不要說是一隻會講話的狗。

「夠久了嗎？」巴克斯問，「現在可以玩了嗎？還不行嗎？那現在呢？噢糟糕，我惹你心煩了嗎？我不會再吵你了。等等，我還在吵你對吧？噢，我是**壞狗狗！**」

我翻翻白眼。「你不是壞狗狗啦。」我說。

「是，他是。」克勞德從走廊經過我們說。

巴克斯對我喘氣。「現在可以了嗎？」他說，「現在可以了吧，拉吉？玩球好嗎？」

第 42 章

「好心」真可怕，而且令人困惑！

我幫妖怪梳理他那張平滑得可怕的臉，他怎麼會不喜歡？他以為我覺得很享受嗎？

「好心就像你丟我撿的遊戲！」巴克斯說，「你把一顆由愛做成的大球，用盡力氣拋進世界，然後它快速衝回你身邊！」

我在餐廳椅子上磨爪子。「我從沒聽過這麼蠢的事！還有，『你丟我撿』難道不是讓人類妖怪變成你的主人，把你變成他的**寵物**嗎？」我用最輕蔑的態度吐出這個詞。

「隨便你怎麼叫。我跟拉吉的關係並不需要標籤，」巴克斯說，「嘿，你抓傷木頭了。你應該住手。」

「你們共享的『關係』，讓先進的四腿生物蒙羞！你應該覺得無地自容才對。」

「怎麼可能！」巴克斯說，「從我是小小狗，埋下第一根骨頭以來，我從來不曾這麼快樂過。」他瞇眼遙望遠處。「我一直沒找回那根骨頭……」

謝天謝地，我的通訊器響起，讓我不用**繼續**參與這場愚蠢的討論。但當我看到我嘍囉的臉，我便知道事情不太對勁。

　　「至高領導，您的死忠支持者準備放棄，宣示效忠三花女王了！」澎澎毛說，「如果您不快點讓那條狗撤除力場，救援船就永遠不會過去！」

　　可惡！

　　我轉向我的死敵。「那個男孩現在非做決定不可了。」

　　「至少再讓他**牽我**玩最後一次你丟我撿！」巴克斯說，「**牽我**──懂了嗎？因為拉吉都用**牽繩**帶我出去？」

　　如果能用他那條搖個不停的尾巴，拿來打他的腦袋瓜就好了。

第 43 章

　　我一直害怕的日子——為我舉辦派對的這天——終於到了。家裡窗明几淨，餐廳桌面擺設完畢，阿己堅持要買的氣球在天花板起起伏伏。但即使我們幾天前就開始準備，料理依然還沒準備齊全。

　　阿己在客廳掛上彩飾時，我正在揉麵糰、煎麵餅。或者說試著做。我即將弄焦另一塊時，克勞德和巴克斯走進廚房。

　　「可以借一步說話嗎？」克勞德問。

　　「等等，」我把一塊煎餅從煎鍋上拔起來說，「燙！燙！我這邊有點忙。」

　　「噢當然，」巴克斯說，「看來你很認真呢，拉吉！要幫忙嗎？需要幫你舔舔碗嗎？有什麼需要試吃的嗎？也許你希望我去迎接客人？」

　　「人類，**馬上！**」克勞德說。

　　反正我煎餅也煎得不大成功，索性把爐火關了。「好吧，我們去車庫那裡。」

　　「誰在講話，拉吉？」阿己呼喚，「你有朋友提早來了嗎？」

「沒有，是我──我在跟動物講話！」我喊回去，「我要到車子那邊。我，呃，忘了一些東西在後座。」

我們走進車庫的那一刻，瓦佛開始吠叫。我都忘了他為了避開克勞德，近來習慣躲在車庫裡。

「沒關係，小兄弟，」巴克斯說，「沒什麼好怕的。」

「那是你才這麼想，」克勞德嘀咕，接著轉向我，「現在聽好了，妖怪──我是說，拉吉。我要表態了。時候到了，你該把這個令人難以忍受、愛幫倒忙的討厭鬼送回家了！」

「那也沒關係，」巴克斯說，「只要你讓這隻罪犯貓跟我一起走。」

我在克勞德和巴克斯之間來回張望。我該怎麼做？

「拉吉，」巴克斯說，棕色大眼滿是同情，「你內心很掙扎，我明白。我太清楚了，因為我自己也是。你認為我會想離開這個叫地球的天堂嗎？可是身為宇宙公民，我們必須履行自己的職責，試著將這個遼闊瘋狂的宇宙導向公理正義！只需要一個小小的勇氣之舉──決定站在**正確、正派、良善**的

一方，而不是……跟克勞德站在一起。」巴克斯高高挺立，豐厚的金色毛皮散發著光澤。「把這隻踏上歧途的貓送走，讓他面對自己應得的懲罰。」

無法否認，這條狗還滿有說服力的。

「克勞德，」我望向我的貓說，「你有什麼話要說？」

「我有什麼話要說？」克勞德吐了口水說，「我必須說那根本是一堆廢話！如果這隻笨狗**頂多**只能端出這番荒唐的廢話，那麼他等於為我提供了充分的理由。辯方舉證完畢！」

我嘆口氣。克勞德這樣，並不會讓我更容易下決定。

「欸，巴克斯，你是條神奇的狗，我確定你也是個了不起的星際警犬。有你在，宇宙成了更好的地方。至於你，克勞德……」我頓住。「唔，我不確定該說什麼，除了你不只是我的貓，你也是我的家人，我沒辦法把你送走。」

克勞德繞著自己的腳掌蜷起尾巴，開始發出呼嚕聲。

第 44 章

　　我窮盡心力對男孩妖怪好，總算有了回報。勝利屬於我了。

　　巴克斯露出落水狗的可悲表情，真是大快人心。遺憾的是，我沒有機會好好欣賞。

　　「我不想這樣，」這條悲慘的狗說，「可是我別無選擇。」

　　接著，那條狗使出他彈藥庫裡最了不起的戰術武器──他的臉！巴克斯睜大了雙眼，提起耳朵，歪著腦袋瓜。

　　我從沒見過這樣哀憐的懇求表情。

　　「這是某種催眠術！」我喊道，「是狗族的心靈騙術！抗拒啊，妖怪！**要抗拒！**」

男孩竟然把我的話當耳邊風。他正陷入恍惚狀態，被那條狗有催眠作用的目光迷惑了！

可是接著——感謝 87 個月亮！——有入侵者的警報大作。

叮──咚！

「拉吉！」年老妖怪從廚房呼喚，「你的第一個客人上門了！你在哪裡？」

妖怪彷彿被掐了一把，跳了起來，困惑的搖搖頭，然後走出了車庫。

「**待著別動！**」巴克斯在門口停下腳步下令，「包括你，克勞德！」

第 45 章

看到第一批客人是雪松和史提夫，我鬆了口氣。可惜蠑螈和蠍子就跟他們後面。

我真不敢相信。我明明沒邀他們來參加生日派對，他們竟然來了！

「哈囉，孩子們，」阿己對他們露出燦爛笑容說，「真高興你們能過來！」她遞出一盤酥炸櫛瓜和咖哩餃。「請用，別客氣，盡量吃。」

蠍子做了鬼臉，但還是拿了一個，蠑螈也是。

不久，更多人出現了，包括麥克斯、布洛迪，以及數學課的莎拉。琳荻帶查德一起來，查德的胸背帶上繫了個大蝴蝶結。阿己請大家把禮物留在矮桌上，然後進來餐廳。

「希望你們帶了胃口來！」她說。

她剛弄完麵，食物正在桌上冒著熱氣：大碗的米飯、扁豆糊、扁豆蔬菜湯，以及各式各樣的咖哩和配菜。

我屏住氣息。大家會怎麼說？

史提夫傾身湊向菜色豐富的餐桌，就像要潛水

進泳池一樣。「看起來**超棒的**。」他說。

　　史提夫當然什麼都吃。我擔心的是其他小孩。我緊張到沒辦法跟任何一個小孩講話，自顧自吃起一碗扁豆蔬菜湯。大家開始往盤子裡放滿食物，可是都不怎麼興奮的樣子。

　　我注意到阿己用我很愛的超辣小綠椒，裝飾在盛了酥炸櫛瓜的大淺盤上，我拿一根起來，啃了啃尾端。接著，我注意到蠍子正準備把一整條丟進嘴裡。

　　「最好不要，」我說，「這些東西辣死人。」

　　「這個小東西？」蠍子冷笑，「如果你可以吃，我也可以。我以前還喝過一整瓶 sriracha（拉差辣醬）呢。」

　　「好吧，不過到時別說我沒先警告你。」

　　蠍子把辣椒丟進嘴裡，從柄那裡一口咬斷。他的臉立刻脹成粉紅，再來變成火紅，最後逼近紫色。他衝進廚房，把嘴巴塞進水龍頭底下，開始猛灌水，弄得整個腦袋溼答答。

　　阿己趕過去，輕拍他的背。「好了，好了，你一定要吃點優格醬，嘴巴才不會那麼燙。優格比水更有效果。順便也吃點麵餅吧！」

　　我到樓上去拿毛巾給他。等我下樓，蠍子正開心的啃著麵餅蘸優格醬，其他人也都找到了自己喜歡吃的東西。蠑螈的盤子上盛滿食物，她叉起bisi bele bath（扁豆燴飯）——辣味扁豆配米飯——然後盯著看。

　　「你覺得很怪嗎？」我問她。

　　「奇怪？」她說，「我阿媽會煮加了牡蠣跟魚露的米粥，而且還是早餐呢。這個啊……」她咬了

一大口，「很正常。」

布洛迪哈哈笑。「我阿媽會烤蕪菁加豆腐，超噁的！」

「我阿媽只會用微波爐加熱冷凍砂鍋雞肉。」史提夫說。

阿己對我咧嘴笑，彷彿在說，**就跟你說這個派對會成功吧。**

我真不敢相信。大家要不是面帶笑容，不然就是哈哈笑，而且在吃東西！

可是我幾乎沒時間享受，因為我突然聽到車庫那裡傳來哈氣和低吼的聲音。

「那是啥麼森音？」史提夫滿嘴都是酥炸櫛瓜的說。

「聽起來像是袋獾大戰有狂犬病的澳洲野犬。」雪松說。

「你們待在這裡，」我說，「我來處理就好。」

然後我拔腿衝刺。

第 46 章

「你的狗族心靈小騙術起不了作用！」我幸災樂禍，「說什麼**人類最好的朋友**。你都聽到男孩妖怪說的了：**回家去！**」

巴克斯毫不讓步。「其實，」他說，「拉吉從來沒對我下那個命令。所以，我們**還是**只能僵在這裡。」他坐下來，忿忿瞪著我。

我的鬍鬚憤怒顫動著。我跳上了人類家用拉車的車蓋，從那裡，我可以居高臨下，瞪著巴克斯的土棕色眼睛。我們的鼻子幾乎快碰到一起了。

「你和你荒謬的狗族術語！」我用雷鳴般的聲音說，「離開就對了！**回家去！**你不懂嗎？我永遠不會面對司法。**你失敗了**。你是條壞狗。**壞狗！**」

巴克斯的喉嚨開始發出低聲咆哮，沿著脊椎的毛皮豎了起來。

「不要對我咆哮！」我說，用爪子劃過他醜惡的口鼻。

巴克斯露出每根致命的利牙。

「吼吼吼吼吼吼！」

我相信古貓指的就是這個，當他們說：**每位戰士的一生中總有一刻，他一定要撤回爪子，然後拔腿快逃。**

第 47 章

　　我才穿過廚房一半，通往車庫的門就砰轟打開。我看到一團藍灰色衝過我身邊——是克勞德——後面緊跟著一道金線——是巴克斯。瓦佛（肯定沒快到一團模糊）墊後，狂吠到腦袋瓜都要掉下來了。

　　「住手，你們！」我喊道。

　　我早該知道這樣沒效。

　　克勞德衝進餐廳，跳上自助餐桌，然後沿著桌面跳上跳下，飛越一碗碗咖哩。巴克斯繞著桌子團團轉，大大的嘴顎咬向克勞德的後掌。接著，巴克斯撞上布洛迪，布洛迪一時失去平衡，跟著他那盤食物摔倒在地。他倒下的時候，手肘往上一伸，撞得麥克斯的盤子飛進蠍螈的臉。蠍子笑了起來，接著克勞德的腳踢中**他的**盤子——正中他的長褲。蠍子的臉又紅了起來。

　　我繼續高喊「**住手！住手！**」，可是他們還是不聽。

接著巴克斯咬住桌布一腳，開始拉扯，把克勞德——以及裝有食物的淺盤——全都拉向自己。

　　大家爭先恐後趕在碗盤掉落桌邊以前去接，可是碗盤實在太多了！雪松腦筋動得快，朝巴克斯拋出一個巨大的麵餅。巴克斯鬆手放開了桌布，像接

飛盤一樣接住麵餅。

　　不過，這團混亂還沒結束。克勞德跳到地板上，所有的動物再次繞著房間狂奔。琳荻一把撈起查德，但查德掙脫她的懷抱，躍上了窗台。

等等——繫在他胸背帶上的，是我的攝影機嗎？

我還來不及看得更仔細，克勞德就衝過我的雙腿間，我伸手去抓他尾巴，但撲了個空。接著，我去擒抱巴克斯，但他閃過我，埋頭衝向莎拉，莎拉往後一倒，貼在牆壁上。

阿己將手指塞進嘴裡，吹出響亮到誇張的口哨。**「誰想要點心？」**

克勞德和巴克斯突然停下腳步，抬頭望著她。她舉起兩大管的起司。

「奶豆腐！」貓狗兩個同聲說。

動物突然平靜下來，埋頭猛吃。雪松說，「剛剛那貓叫聲好怪喔，即使是克勞德發出來的也算怪。」

「而且那條狗聽起來幾乎……像在說話！」蠍子說。

「我想那條辣椒影響到你的腦袋了。」我說。

史提夫看起來特別擔心。「嘿，」他說，「我可以吃點那個奶豆腐嗎？」

第 48 章

　　我已經太久不曾目睹如此令人心滿意足的騷亂了。

　　廚房看起來就像致命戰役的場景。不過，滿地橫流的不是鮮血，而是咖哩。人類鼓勵我和狗們大吃特吃，因為他們心存迷信，認為食物只要掉到地上就壞了。

　　接著是我所見過最怪異的人類行徑。年老妖怪端出一個蛋糕，上面寫著男孩妖怪的姓名和年紀。然後，她把它點燃了。就在我開始為他的性命擔憂時，其他妖怪圍在他身邊，開始以震耳欲聾的音量，高聲歌詠他的出生。這首歌即將結束的時候，我的人類一吹氣，熄滅了火焰。顯然是為了獎勵他的這番成就，大家將包在彩色紙張裡的無用物品送給他。

　　等這個神祕儀式完成以後，其他的年輕妖怪都離開了，除了那個屬於肥軟的妖怪以外。不過，我再也不能等了。是時候徹底解決這條狗的問題了。

　　我聯絡上澎澎毛，命令他立刻駕著出逃船艙，

離開砂盆星。

「所以，巴克斯撤下力場了嗎？」他問。

「還沒！可是他會的！」

我召喚我的妖怪和敵人回到車庫以後，我平靜的要求前者將後者掃地回家。「**馬上！**不然你會因為我的怒火感受到痛苦！」

男孩妖怪沒有回應。我換了個策略：張大雙眼，腦袋一偏，試著露出懇求……以及**俏皮的**神情。

「你的臉出了什麼毛病，克勞德？別那樣，看起來超詭異的，」他說，「反正，如果巴克斯不想走，我也不打算叫他走。就像我也不打算送你去什麼狗監獄一樣。」

「誰提到**監獄**了？」巴克斯滿臉驚恐的說，「我們狗族早在幾千年前就已經廢止狗舍了。」

「等等——所以，如果你沒有要送克勞德進監牢，」我的妖怪問，「那他的懲罰是什麼？」

「面對錯誤所該做的唯一合理的事情。」巴克斯態度拘謹的說。

我推想，他的意思是剪掉我的鬍鬚，用線繩串起我的爪子，將我吊起來，有如任何通情達理的生

物。

「克勞德必須彌補，」巴克斯以肅穆的態度說下去，「他一定要……**說對不起。**」

「**什麼？**」我說。

「就這樣？」我的妖怪叫道。

「唔，他從沒說過對不起，」巴克斯憤慨的說，「炸掉星球之後，應該要道歉。」

男孩妖怪對我搖搖手指。「對，絕對應該。」他說。

我深吸一口氣。

「如果一定要這樣，」我用最堅忍的語氣說，「那我會忍受這種嚴重的屈辱。」

噢，要壓下我歡喜的呼嚕有多麼困難啊！嚴重的屈辱？哈！我幾乎不敢相信自己的運氣！這些狗是什麼道貌岸然的傢伙啊。道歉？沒什麼比道歉更簡單了！連腦袋最鈍的小貓都知道：**說謊就會有好事到來。**

「好，」巴克斯說，「我想我們可以出發前往犬星星群了！」

「等等，」男孩妖怪說，「為什麼克勞德必須橫越宇宙？他不能在這裡向你道歉就好嗎？就現

在？」

　　我妖怪的觀察相當敏銳。眞是出乎意料。

　　因爲主人條款的關係，巴克斯毫無選擇，只能按照這個人類的要求做。他用自己的項圈，召喚出名叫瑪菲的犬隻影像，將情勢解說了一遍。她立刻緊急召開安全會議，整群太空狗一個接一個的現身了。

　　噢，這該多**有趣**啊。

　　哇！小狗投影耶！這就像某種科幻片，只差它是真的，而且就發生在我家的車庫裡。

　　我有一百萬個問題想問這些外星狗，可是他們理都沒理我。那隻棕白兩色小型犬宣讀克勞德的罪行時，眾狗默默傾聽。就我看來，其實克勞德熱愛那每一分鐘，可是他們似乎都沒注意到。

　　我認為他不可能開口道歉，但我錯了。

　　算是錯了。

　　「瑪菲同志，犬星星群的可敬代表，」輪到克勞德說話的時候，他說，「站在你們面前的，是最罕見的生物：一隻懊悔的貓。我渾身滿是懊悔，從尾巴一直蔓延到鬍尖。如果我可以倒轉時間，不要將朗普茲炸成碎片，我願意這麼做。那是一粒小小塵埃般的雄偉星球，不該落得如此的命運。就因為我年少輕狂，才會犯下如此魯莽之舉。」

　　他說得還真誇張。

　　「我從沒想到他懷著這麼深的歉意！」巴克斯對我低語，「他好**真誠**喔！」

巴克斯可以嗅出我五年級暗戀過路娜貝爾‧力普曼，卻無法察覺克勞德超級明顯的嘲諷。那些投影狗似乎也都買單了。

「眼睜睜看著朗普茲被炸成幾兆個次原子粒子的樂趣，完全比不上此時此刻我感受到的憂傷，我知道我引起了你們的痛苦，你們這些無辜友善、氣味芳香的狗族。」克勞德說。

那一刻，我瞥見一個閃動的紅光，我看到查德悄悄走近克勞德。他胸背帶上的那個東西**絕對**是我的攝影機。

而且它正在錄影！

「我希望總有一天，你們能夠秉持狗族偉大慷慨的胸襟，原諒我這個低等的貓族。」克勞德說，然後做了我無法置信的事情。

克勞德翻身仰躺，向他們坦露肚皮。

「唔，對我來說已經夠好了，」巴克斯說，「瑪菲同志？」

瑪菲點點頭。「我宣布，這隻貓真心懺悔，已經受完懲罰，」她宣布，「可是，一如既往，狗

168

群全體的裁決必須一致。我的領頭狗同伴們怎麼說？」

「嗷嗚嗚嗚嗚！」所有的狗齊聲叫道。

除了一條狗。

「費朵同志，」瑪菲說，「你不滿意嗎？」

那隻老鬥牛犬發牢騷。「我想念我以前對著夜間升起的朗普茲號叫。」她說。

「無力回天，那顆星球已經回不來了，」巴克斯說，「而且很明顯，克勞德**真心**覺得抱歉。你瞧瞧他！」

克勞德再次裝出懇求的表情。

「噢**好吧**，」費朵說，翻翻白眼，「嗷嗚嗚。」

「砂盆星的威斯苛，」瑪菲同志說，「我現在宣布你已經……受罰**完畢**！」

語畢，投影閃了閃，太空狗們消失不見。

就在這時，我聽到阿己大聲叫我。

「拉吉，我知道你愛你的動物，」她呼喚，「可是我需要有人幫忙一起收拾殘局！」

「拉吉！嘿，拉吉！」巴克斯說，「我會幫你從餐廳把盤子拿過來！因為我是黃金『**尋回**』犬，懂吧？」

「呃，對啦，」我說，翻翻白眼，「哈，好笑，真幽默。」

第 50 章

我擋住那條狗，不讓他跟著男孩人類走。

「我履行了協議裡我負責的那部分，」我說，「現在你得履行你的那部分！」

他困惑的把巨大的黃色腦袋一偏。「噢，對！」他說，終於懂了，「力場！」

巴克斯打開項圈上的應用程式，輸入密碼：

：）PEACE_LOVE_AND_HAPPINESS：）

真是胡扯！難怪我破解不了。

等那條白痴狗一離開，我也踏出車庫，準備到院子裡等待澎澎毛的到來。我等了又等，然後又多等一些時候。

可恨！他**到底**在哪裡？地球時間都過好幾分鐘了！

我正準備聯絡我的奴才，要痛罵他一頓，這時我瞥見太空船了。救援船艙漸漸下降，閘門開啓，澎澎毛探出腦袋。「您好，噢，戰無不勝的君主！」

「你到哪去了？」我逼問。

「抱歉！」澎澎毛說，「因為途中遇到超新星爆炸。啊——噢，哇！那是我認為的那一位嗎？」

我背後傳來一個聲音。**「喵嗚？」**

「肥軟！」澎澎毛嚷道，然後從船艙跳下來，我則跳到船艙頂端。

「你在搞什麼，傻瓜？」我說，「我們得走了！」

那個蠢蛋不理會我，快步走向肥軟，那個更蠢的傢伙。「這是我的地球哥兒們！」澎澎毛嚷嚷。「近來如何？兄弟？看來你的胃口一直不錯喔！」

「喵嗚！喵嗚！」

「對啊，**還用說嘛**，有這樣的頂頭上司有時還真辛苦，」澎澎毛嘀咕，「看！你的攝影機還開著！而且一直在錄影。家鄉那些貓**急著**看更多你拍的影片呢！」

「別管了！」我下令。

「您確定——」

「馬上動身！」我嚷嚷，「只有一件事我們非做不可：回到砂盆星！」

澎澎毛縮頭縮腦回到船艙。我朝過去這麼多個

172

月以來我當成家的地方，瞥了最後一眼。

永別了，人類妖怪們！

榮耀不久就要歸我了。

第 51 章

我走進廚房的時候，阿己和琳荻正在水槽那裡洗碗。

「好消息！」琳荻說。我抓起一根掃帚。「你阿媽剛跟我說，我可以領養瓦佛！」

阿己露出笑容。「我說的其實是，等我們洗完以後，可以找她爸媽談談。」她轉向琳荻，「如果他們答應，我們就可以填寫**永遠狗毛孩**領養申請表。」

「太好了。」我說。我也是真心的。只希望琳荻的爸媽對小狗放屁有很高的忍受力。

我忙著掃地的時候，巴克斯快步走進廚房，開始幫忙我清理地板——用他的舌頭。碗盤處理完畢之後，阿己要帶琳荻回到對街的家。

「如果動物餓了，冰箱裡還有吃剩的奶豆腐。」她邊說邊穿上鞋子。

「噢，查德可能也會喜歡喔。可是他到哪裡去了？」琳荻說。她東張西望，然後聳聳肩。「噢，他一定在跟你的貓咪玩。我晚點再來帶他。」

前門猛的關起，巴克斯說：「關於那個奶豆腐……」

我才從冰箱拉出一碗奶豆腐，便注意到有彩燈沿著廚房牆壁閃動。外頭有警車嗎？還是救護車？我走到窗邊，往外眺望。

我的媽啊……不……會吧。

有個蛋形小小太空船正懸浮在我家後院上方！太空船上布滿成千上萬的迷你閃燈。太空船緩緩的轉動著，繞啊繞個不停。我從沒見過這麼不可思議的東西！

「巴克斯，」我倒抽一口氣，「那是你的嗎？」

「那團廢鐵？」他說，「不是，它看起來像是──」

「**克勞德！**」我大喊。

我衝向後門，可是門鎖卡住了，我弄了半天才打開。等我衝進後院，呼喚我的貓，太空船的艙口已經關閉，整個東西越轉越快。它稍微飄得更高，接著頓時消失無蹤！

我環顧四周。我看到有條尾巴從榆樹後面探出來。

「克勞德？是你嗎？」

「喵嗚！」是查德。他搖搖晃晃朝我走來，「喵嗚？」

院子裡只有他這隻貓。

我頹坐在潮溼的草地上。我真不敢相信。克勞德真的走了。

巴克斯走過來坐我旁邊。「哇，拉吉，」他嘆氣，「真掃興。」他頓住，喘著氣。「也許我們應該來玩我們一直在講的你丟我撿。你知道的，好讓你暫時忘記這件事？」

我沒回答。

克勞德回到砂盆星了，他竟然連說聲再見都沒說，就這樣回去了——**這有可能嗎？**

「你撤掉力場了。」我說。

巴克斯點點頭。「是啊。現在我覺得，我也讓你失望了。」

「不是你的錯。」我說。

一分鐘過後，巴克斯溫柔的將一掌放在我腿上。「揉揉我的肚皮，會讓你好過一點嗎？」

他躺下來，我把手放在他肚皮上的柔軟金毛上。我確實稍微好過了一點。

「噢，對了，就是那裡，」巴克斯說，「欸，

我的腿在抽動！看到了嗎？我不是故意這樣的喔！」

我停住動作。

「我真不敢相信他就這樣離開了。」我說。

「也許他會回來！你說他一向都會回來，」巴克斯說，「也許我也會喔。」

「等等──什麼？」我說，「現在你也必須離開了嗎？」

「我任務結束，必須回家了。身為維和太空巡警的工作永遠沒有結束的時候，」巴克斯肅穆的說，「可是地球看起來像是個適合退休的美好地方！也許我會回來度過我的黃金歲月。懂了嗎？因為我是**黃金**獵犬啊。」巴克斯搖搖尾巴。

克勞德倒是說對了一件事：巴克斯有很糟的幽默感。

第 52 章

　　砂盆星街頭會用什麼樣的號角旗鼓迎接我！遊行、軍事演習、盛宴、演說、罷黜三花的羞辱儀式。也許我可以親手剃掉她尾巴的毛！

呼嚕。

　　「群眾已經聚集在皇宮那裡，」澎澎毛掃視著太空船的監控器說，「如果一切按照時程進行，您的死忠支持者應該準備將權杖轉移給您。噢偉大全能的領袖。」

　　我的鬍鬚因為驕傲而僵挺。「我在此訂定一個嶄新高貴的星際節日，」我宣布，「衣錦還鄉與復仇凱旋日！為了慶祝我──威斯苛，三物種之主──返回了砂盆星。不久，我就會回到我所屬的地方，坐在至高寶座上，以鐵爪統治我的臣民！」

　　我們進入砂盆星的大氣層，往下飄到地表上時，我瞥見大批群眾在宮殿外頭打轉。有各種體型、大小和顏色的貓──全都匯聚起來為了向我表示臣服！

　　即使從那個高度，我依然聽得到群眾的吟誦。

他們正在呼喊著血債血還！戰役一觸即發！現在他們隨時都要撲向背信忘義的三花，將她的斑點四肢一根接著一根扯下！澎澎毛的通訊器響起。

「嗯－哼……嗯－哼……等等，**什麼？**」他說，太空船進入降落模式，「你**確定**嗎？……那段影片……拍了**什麼？**……你確定？……嗯－哼……好……呃，是，再見。」

我的嘍囉一副吃掉了自己尾巴的樣子。

「怎麼了，呆瓜？」我喊道，「重新加冕典禮延遲嗎？他們來不及搭起絞刑台嗎？我邁向寶座的時候，沒有足夠的鮮花可以鋪在我掌子底下嗎？」

「呃，**這個嘛，**」澎澎毛說，太空船觸及地面，「你看到那批朝我們衝過來的憤怒群眾嗎？」

「看到了！」我說，「這番景象溫暖了我嗜血的心！」

「唔，嗯，他們不是想讓三花的腦袋落地。他們想要的，呃……」澎澎毛頓住，「是**您的**腦袋。」

「什麼？」我怒斥，「為什麼？」

就在那時，出逃船艙開始搖晃。我們被暴跳如雷的貓群團團包圍！

「唔，呃，可能是因為最後那段影片。」

我的眼睛瞇成細線。「**什麼**最後的影片？」

「嗯，這個嘛，當我在院子裡看到肥軟，我注意到他還戴著攝影機，您也知道，您的影片一直很受歡迎……」

「肥軟**今天**拍了影片？」我質問，「而你……**傳送**出去了？」

「我不知道那段影片竟然拍到您翻身露肚，乞求狗族的原諒！」他說，「您當真那麼想嗎？」

「當然不是，你這**蠢蛋！**」我吼道。

要活剝我這個無用嘍囉的皮，不必急於一時，之後時間多得是。此刻，澎澎毛必須駕船帶我們逃離。暴民正扒著艙口，企圖將它撬開。

「你還在等什麼？」我尖叫，「快拉升空推進器啊！」

「我拉了啊！可是船艙頂端有太多貓了！」澎澎毛說，「推進器力量不夠！」

我在自己的記憶庫裡搜尋，想找古貓面對這種情況時，會有什麼精采的建議。

遺憾的是，一個也沒找到。

第 53 章

我正在丟最後一次球給巴克斯撿時，我的手機響起了。

我從口袋裡挖出手機，螢幕顯示：

威力無窮的至高帝王

我急著接聽，球從我的雙手滾落。

「克勞德？真的是你嗎？」我說，「你從**外太空**打電話給我？」

「是我沒錯！我在宮殿屋頂最高的尖塔旁邊打電話給你。」

連線狀況很差，可是我聽得到他的聲音。我的貓！從宇宙另一端打電話給我！

「他們就在那裡替你加冕成為**終極永恆帝王**什麼的嗎？」我問。

「很遺憾的，並**不是**，」克勞德大喊，感覺四周有一百萬隻貓在吼叫，「暴民都在這裡刺死他們的反對者。」

「什麼意思？」

他快快告訴我，肥軟虎斑——就是查德——怎

麼拍攝了他向狗族道歉的影片，而影片又如何傳遍了整個砂盆星。

「等等——用我的**攝影機**嗎？」我問，「他怎麼學會用的？那段影片又怎麼會傳到宇宙去？我找不到那個東西的時候，就知道你在打鬼主意！」

「沒時間做無關緊要的解釋了！」

我和克勞德在講話的時候，巴克斯消失在院子角落的樹叢裡。現在他正退了出來，嘴裡用力扯著什麼。片刻之後，一艘小太空船從葉子之間現身。

竟然有艘飛碟一直在我家院子裡！

「聽我說，妖怪，」克勞德說，「我只剩幾分鐘可以活了。」

「克勞德——你不是認真的吧，」我說，突然驚慌起來，「你只是說得很誇張，對吧？就像你說煮沸你敵人的鮮血那樣？」

「不必為我哀悼！戰士即使面對必來的死亡也勇氣十足。」克勞德說。

「克勞德，我們可以**做點**——」

「**給我安靜**，人類！這是我生前最後一場演說！」克勞德喊道，「只有一件事我真心覺得遺憾。就是我沒先跟你說聲再見。所以現在我要說：

永別了。你是個好『朋友』，地球的拉吉 · 班內傑。」

「**克勞德！**」我喊道。可是電話斷線了。

我轉向巴克斯，他已經爬進了他的太空船，熱切的吐著舌頭。

我直直看著他的眼睛。我們都知道自己該做什麼。

「巴克斯，」我下令，「**去撿！**」

　　我真不敢相信，我回到砂盆星時，情勢變得這麼糟。我從太空船被拖出去以後，又被拉到宮殿頂端，被迫在我兩個死敵面前表示臣服。我按照慣例，撥了生前最後一通電話，聯絡男孩妖怪（這選擇很奇怪，我知道）。

通完電話之後，我此生只剩一項任務：比任何貓族都還勇敢的面對處決！我轉身面對凌遲我的那兩隻貓，吐了一口口水。

「**喵嗚，喵嗚，喵嗚！**」三花暴君說，「**喵嗚！**」

利牙拱起背，嘆口氣。「我相信女王的意思是：**你，恐怖威斯苛，與妖怪為友、向狗族道歉的傢伙，準備進入最後一次小睡吧。你有什麼遺言要交代嗎？**」

我踮爪昂首挺立，尾巴驕傲的豎直如旗。「我**懷抱極大喜悅**，準備前往 87 個月亮的另一邊，與喵柔術的古老大師們相會！」我對著群眾吼道，「願威斯苛這個名字，永遠能為每個手無縛雞之力的幼貓帶來啟發，讓他們勇於夢想，期許自己有朝一日能成為殘酷無情的暴君！」

當我演說臻至高潮，群眾聽得入神時，一陣紅光點亮天空，我發現自己被一道強大的牽引光束住上吸去！

我的仇敵們震驚的抬頭凝望。盤旋在宮殿高處的一艘小小太空船，竟然**拯救**了我。

哼！我就知道事情不會這樣結束！我的死忠支持者當然會伸出援手。他們比任何人所能想像得都還忠心！噢眞令人歡欣！我們將會協力讓三花爲了自己的背信忘義付出代價。還有利牙！還有那一大群毫無價値的暴民！

　　「我會回來的！」我往下朝著敵人怒吼，他們在下方的身影越縮越小，「到時我會帶著一千個超新星的力量和怒火回來！」

　　話剛說完，我便被吸進那艘光滑的救援船，艙口在我下方關起。我環顧太空船的內裝。那種精細複雜和先進科技眞是無與倫比！如果我的死忠支持者有更多這樣的太空船，我方就所向無敵了！飛行員——我的拯救者——正坐在船長的椅子裡，還沒轉身面對我。

　　「你的時間抓得精準無比，戰士同仁！」我說，「轉過身來，我好向你正式致謝。」

　　「別客氣，老兄！很高興幫得上忙！」

　　椅子轉向我，我的嘴巴一開。

竟然是巴克斯。

不 ——

不 ——

第 55 章

「令人髮指！聲譽重創！天大的屈辱！……**嘔嘔！**」克勞德往老媽的巴西利盆栽，咳出了我目前見過最大的毛球。「竟然被**狗**搭救！」

我們三個都在後院裡，巴克斯的太空船再次停進了我們的玫瑰樹叢底下。艙門一打開，克勞德就破口大罵，幾乎沒停下來換氣。

「這樣的恥辱我永難忘懷，即使有九千條貓命也無法！」

即使對克勞德來說，這似乎也有點反應過度了。「老天，」我說，「難道你寧願死掉嗎？」

克勞德看著我的樣子，彷彿我瘋了似的。

「當然！」他說，「我寧願被刺死一百次，光榮殞落，也不要被流口水的狗族拯救！」他耳朵往後貼平。「尤其是**這條**流口水的狗。」

「唔，克勞德，」巴克斯說，「不必客氣啦。現在換我該走了。可是別擔心，各位——我們總吠再見的。懂了嗎？總**吠**（總會）！」

我知道這一刻一定會到來，不過我的喉嚨還是

堵堵的。「我會很想你的，巴克斯。」我說。我伸出手，拍拍他柔軟的黃腦袋。「你真的、真的是個好小子。」

巴克斯舉起一掌，跟我握手。「你也是。」

第 56 章

　　全宇宙的毛球也不夠讓我嘔來表達，我對眼前這種多愁善感的醜惡情景，有多麼反感。人類眼睛開始滲水，用哽咽的聲音說，「我永遠不會忘記你，好心腸的星際警犬！」

　　「我也不會忘記你，會丟球的美麗人類男孩。」巴克斯吸吸鼻子。

我們看著他的太空船在紅色閃光中離開——吸引力遠遠比不上貓族的綠光——我可以想到，地球至少有個優點：這裡少了一個狗族。

　　「別擔心，克勞德，」人類說，抹抹眼睛，「我們不會有事的。雖然你從來就沒說出口，可是我知道你會有多想念巴克斯。」

可惡！

　　「哎唷！」男孩妖怪短促一叫，「喂，克勞德，這次真的流血了啦！」

　　地球的第二個優點：

　　動不動就受傷的人類。

第 57 章

我爸媽幾天之後回到家，我的生活也恢復了正常——只是學校的人都一直問我，我阿媽辦的派對超讚，什麼時候會再來一場。感覺有點詭異。是不錯，但還是詭異。

我媽晒出一身古銅色，神情放鬆，而且突然會說日語了。我爸呢，跟以前一樣，只是膚色還比平日蒼白一點。

「哇，拉吉，」他說，一屁股坐進躺椅裡，「那些牙周病醫師超愛狂歡的！我需要放幾天假，才能恢復元氣！」

我媽翻翻白眼。「他們整天待在游泳池邊。注意喔，不是游泳池裡，而是游泳池周圍的涼椅上。我有沒有提過，那**還是**室內泳池？」

爸遞給我一個隨便亂包的禮物。「這是送你的，拉吉。」

我打開來，展開一件 T 恤。上頭是路克天行者握著鑽牙機，畫工很粗糙。上頭寫著，**願牙線與你同在。**

「我買了一件給你，因爲你總是說有多喜歡我的酷牙醫 T 恤！」

比起太空狗，地球父親辨別諷刺意味的能力，顯然也沒好多少。

「謝啦，爸，」我說，「**超級**酷的。」

阿己用手臂繞住我媽的肩頭。「你們不在家的時候，我們度過一段美好的時光，」她說，「我眞希望你們能見見那條好狗狗，洛斯克。」

我跟阿己說，洛斯克的主人終於看到我們張貼的海報，過來帶他走了。而她也相信我。有什麼好不相信的？

媽東張西望。「等等。說到小狗，瓦佛呢？他不是應該對著克勞德狂吠嗎？」

阿己咧嘴笑。「噢，那是最棒的部分。瓦佛已經找到他永遠的家了——就在對街！」

「唔，看來是個幸福的結局。」媽說。

阿己給我一個大大的擁抱。「拉吉，我親愛的莫麻嘎，我很喜歡跟你共度時光。希望你學會怎麼使用新鮮香料了。也許你可以教教你媽。」

「我聽到了喔，阿瑪。」媽哈哈笑說。

我點點頭。「謝謝你所做的一切，阿己。」

她對著克勞德彎身。「我留了點奶豆腐給你，調皮的貓咪。你可別忘了你的阿己！」

　　克勞德用尾巴掃過她的小腿，從沒見過他表現得這麼貼心。

　　接著他就離開，跑去吐了。

　　吐在老爸的鞋子裡。

　　「不會吧，克勞德？」我爸大喊。

　　「他只是很高興你回來了。」我說。

　　然後克勞德用力哈氣。

故事 ++
邪惡貓大帝克勞德 3：星際警犬大鬧生日派對

文　強尼・馬希安諾（Johnny Marciano）
　　艾蜜麗・切諾韋斯（Emily Chenoweth）
圖　羅伯・莫梅茲（Robb Mommaerts）
譯　謝靜雯

社　　　長　陳蕙慧
副總編輯　陳怡璇
主　　編　陳怡璇
編輯協力　胡儀芬
美術設計　貓起來工作室
行銷企劃　陳雅雯、余一霞

讀書共和國集團社長　　郭重興
發行人兼出版總監　　　曾大福

出　　版　木馬文化事業股份有限公司
發　　行　遠足文化事業股份有限公司
地　　址　231 新北市新店區民權路 108-4 號 8 樓
電　　話　02-2218-1417
傳　　真　02-8667-1065
Ｅ ｍ ａ ｉ ｌ　service@bookrep.com.tw
郵撥帳號　19588272 木馬文化事業股份有限公司
客服專線　0800-2210-29

印　　刷　呈靖彩藝有限公司
2022（民 111）年 07 月初版一刷
定　　價　350 元
Ｉ Ｓ Ｂ Ｎ　978-626-314-207-7

國家圖書館出版品預行編目 (CIP) 資料

邪惡貓大帝克勞德 3：星際警犬大鬧生日派對 / 強尼 . 馬希安諾 (Johnny Marciano), 艾蜜麗 . 切諾韋斯 (Emily Chenoweth) 作；羅伯 . 莫梅茲 (Robb Mommaerts) 繪圖；謝靜雯譯 . -- 初版 .
-- 新北市：木馬文化事業股份有限公司出版：遠足文化事業股份有限公司發行，民 111.07，
200 面；15x21 公分 . --（故事 ++）
譯自：Klawde : evil Alien warlord cat #3
ISBN 978-626-314-207-7(平裝)
874.596　111008319

特別聲明：有關本書中的言論內容，不代表本公司／本集團之立場與意見，文責由作者自行承擔

感謝您購買 **邪惡貓大帝克勞德 3: 星際警犬大鬧生日派對**

為了提供您更多的閱讀樂趣，請填妥下列資料，直接郵遞（免貼郵票），
即可成為小木馬的會員，享有定期書訊與優惠禮遇。

為了感謝大小朋友的支持，2022 年 12 月 31 日前，填寫問卷並寄回，
我們將抽出 3 名讀者，就有機會得到小木馬童書一本。

一、基本資料

小讀者姓名： _____　　性別： _____

小讀者年級：□國小 　　年級　　　□國中 　　年級

家長資料

姓名： _____

家長電話： _____　　電子郵件： _____

地址： _____

■您從何處得知本書訊息（可複選）

　□書局　□書評　□廣播　□親友推薦　□小木馬粉專

　□特定網路社群 / 粉專　　　　　　□其他

二、請小讀者針對本書內容提供意見

■請問你花了多少時間閱讀這本書？ _____

■請問你覺得這本書的字數如何？□太多字了　□太少字了　□字數剛剛好

■以下形容，何者是你閱讀這本書的心情和感受？(可複選)

　□好笑　□神奇　□意想不到　□悲傷難過　□枯燥　□意猶未盡　□想分享給同學

　□其他 _____

■看完這本書，你最喜歡哪個角色？想跟他說什麼呢？

_____

_____

■請用一句話描述讀完這本書的心情？

_____

_____

請沿虛線對折寄回

231
新北市新店區民權路 108-3 號 3 樓

木馬文化小木馬編輯部　收